君の素顔に恋してる

Yuwa & Ren

伊東悠香

Yuka Ito

エタニティ文庫

目次

君の素顔に恋してる

1

私の心や表情を明るくしてくれる魔法。それはメイクだ。

気分の乗らない日だって、お化粧をするだけで前向きになれる。

私、須藤優羽《すどうゆわ》は高校生の頃、とある理由からメイクに目覚めた。それ以来、毎朝自分自身に魔法をかけている。

今日も私は、魔法をかけるために鏡の前に座った。

隙のないばっちりメイクも好きだけど、今日はわけあって、派手な印象は禁物。というわけで、清楚系《せいそけい》に仕上げる予定だ。

昨日の夜は丹念にスキンケアをしておいたから、肌の弾力は合格。さらにメイク崩れを防ぐため、化粧水を肌にしっかりなじませる。

（緊張して汗をかくかもしれないから、汗止めのクリームも塗っておかなくちゃね）

下地を塗ったら、日焼け止め効果もあるBBクリームの出番。その上から、透明感を出すためにパウダーを軽く重ねると、自然な素肌感に仕上げることができる。

「次は……眉ね」

ここはミスが絶対に許されないところ。眉の形で、印象がグッと変わるからだ。眉山の位置を意識して丁寧に眉を描いていく。

ブラシでぼかして自然な眉に仕上げた後は、鼻を高く見せるためのノーズシャドウを入れ、アイメイクに移る。

アイラインは、ナチュラル感を保つために目尻には引かずに、黒目に近いところだけ引いた。そして薄いブラウンのシャドウを瞼《まぶた》にのせる。

まつげを自然に盛るために、ビューラーで精一杯上げる。そこにマスカラ下地、マスカラの順で塗っていき、ボリュームを出した。

ばっちりメイクの時は、『グラデーションシャドウ&がっつりアイライン&つけまつげ』も必須なのだけど、仕事モードではこのくらいがベストだろう。

仕上げは唇だ。今日の化粧に合った色の口紅を丁寧に重ねていく。

(よし……こんなもんかな)

メイクタイムが終了し、鏡の中の自分に笑いかける。すっぴんの時よりも目鼻立ちがはっきりした私は、自信がありそうに見えた。

今日、私が清楚《せいそ》を心がけながらメイクをしているのには、わけがある。

さかのぼること、数週間前。四月のはじめ頃、私の勤めていた会社で上司が部署のメンバーを集めて、衝撃的な事実を告げた。

「えっ、倒産？ ……冗談ですよね？」

みんながどよめく中、私がこぼした言葉に、上司はうんざりした表情で首を横に振った。

「残念だが本当だ。一週間以内に私物を持ってこの会社を出て行くようにと、社長から通告があった」

「そんな……」

（この会社でずっと頑張っていくつもりだったのに）

大学を卒業して入社し、早四年。新卒で採用してもらったこの会社には、恩義を感じていた。できるなら三十代になっても四十代になっても、ここで働き続けたいと思っていたのに――

（……いきなり人生設計が崩れた）

そんなわけで、平凡ＯＬの私は、突然求職活動をしなくてはならなくなった。けれど、思うように次の仕事が見つからない。かといって仕事をしなくても生活できるような余裕もない。

困った私は、当面の生活のため、派遣会社に登録することにした。

するとトントン拍子で派遣先を紹介してもらえて、今日はその派遣先と顔合わせをする大事な日なのだ。

清楚系《せいそけい》メイクを施《ほどこ》した私は、派遣先の企業の大きなビルの一室で、姿勢を正して座っていた。先方の担当者は、もうすぐ来るらしい。

（挨拶《あいさつ》を兼ねたものだから面接じゃないって言われても、やっぱり緊張しちゃうよ）

そわそわしていると、隣に座る派遣会社の担当者が、私に耳打ちした。

「須藤さん、あまり緊張なさらないでください。あなたの職務経歴ならきっと歓迎されると思いますよ」

「ありがとうございます」

私は曖昧《あいまい》な笑みを浮かべて答え、再び前に向きなおる。

（契約期間が半年っていうのは短いけど……とりあえず、生活のため。それに、ここみたいな大企業で仕事をすれば次の仕事に繋《つな》がりやすいはずだし！　きっとスキルアップもできるだろうし！）

そんなことを考えていると、部屋のドアが開いた。

「お待たせしました」

「いえっ」

椅子から立ち上がり、部屋に入ってきた男性を見た途端、私は驚きで目を見開いた。

（せ……先輩っ？）

すらっとした長い脚、しっかりとした肩幅、整った顔。高校時代に憧《あこが》れたその人が、目の前に立派な成人男性として立っていた。

男性は一瞬訝《いぶか》しげに私を見るが、すぐに興味なさそうな顔になり、私の目の前まで足を進める。

「わざわざお越しくださり、ありがとうございます」

「こちらこそ、貴重なお時間をいただきまして、ありがとうございます」

頭を下げながら、彼の様子をうかがう。

（私のこと、覚えてないのかな。もしかして、先輩じゃないの？　いや……私が彼を見間違うはずがない）

仕立てのいいスーツをビシッと着こなし、できる男の空気をまとっている。それは高校時代とは異なる姿だけど、彼は間違いなく桐原《きりはら》先輩だ。

「初めまして。私、副社長の桐原と申します」

丁寧に差し出してくれた名刺を、私は頭を下げながら受け取る。

（桐原蓮《れん》……やっぱり、桐原先輩だ）

「桐原さん、今日はよろしくお願いいたします」

派遣会社の担当さんが挨拶《あいさつ》すると、先輩は頷《うなず》き、「座ってください」と促《うなが》した。

「は、はい。失礼いたします」

「では……簡単にお話を聞かせていただきますね」

先輩も席に着くと、私と担当さんを見比べながら淡々と話を進めていった。

まずは簡単に業務内容を説明してくれる。それは、前の会社でやっていたこととあまり変わらないようなので、きっと問題なくできるだろう。

そう答えた私を、先輩はまっすぐ見つめてくる。

「契約期間は短いのですが、大丈夫ですか？」

「はい。大丈夫です」

「失礼ですが、アルバイト感覚でいらっしゃるということはありませんか？」

鋭《するど》く射貫《いぬ》くような視線を向けられ、私は緊張でこわばる。

（先輩……昔より凄《すご》みが増した？）

「いえ、仕事には責任を持って取り組ませていただきます。期間が短いからといって、中途半端に仕事をしようという考えもありません」

なんとかそう答えると、彼は納得したように軽く頷《うなず》いた。

先輩は、まるで私に仕事を任せていいのか、見極めているかのようだ。

単なる顔合わせで面接ではないはずだが、彼の目は厳しい。派遣会社の担当さんも怯《ひる》んでいる。

私たちの様子には構わず、先輩は続ける。

「仕事への真面目な姿勢はわかりました。では最後に……あなたには、仕事に対する信条がありますか？」

「信条……座右《ざゆう》の銘《めい》みたいなものですか？」

「そうですね」

（まさかここでそんなことを聞かれると思わなかった）

やや面食らいながらも、私はいつも心に留めている言葉を口にした。

「信条と言えるかどうかわかりませんが、大切にしている言葉は『無心』です」

「どういうことか、もう少し詳しく説明してもらえますか」

「は、はい」

私は一呼吸おいて、ゆっくり説明した。

「目標に向かって、無心に取り組むことを心がけている……ということです」

説明を聞いた先輩は、ずっと引き結んでいた口元をかすかに緩めた。

「……いい答えだ」

その低い声に、心の奥が疼《うず》く。

（この言葉、あなたからもらったものなんですよ）

複雑な気持ちで先輩の表情を見ていると、彼はパンフレットを差し出してきた。

「あなたには、営業部に所属していただく予定です。部署の配置や会社の細かいことは、このパンフレットに載っているので、目を通しておいてください。あなたの方で気になることや質問はありませんか？」

「は、はい。大丈夫です」

私の返事を聞くと、先輩はすぐに立ち上がった。

「今日は以上です。お疲れ様でした」

思いのほかあっさりと顔合わせの終了を告げられる。

「来週の五月一日からよろしく」

「あ……」

手が差し出されたのを見て、私も慌てて立ち上がり、彼の大きな手を握る。

「こちらこそ、よろしくお願いします」

（先輩の手だ）

懐《なつ》かしい指先に触れ、こんな場面なのに頬が熱くなってしまう。

こうして、短期とはいえ私の新しい仕事が決まった。

顔合わせの緊張と思いがけない再会で疲れ果てた私は、アパートに帰るなりベッドに倒れこんだ。

「派遣先で、まさか桐原先輩に会うなんて……」

(そういえば先輩、大企業の御曹司っていう噂だったな。あの若さでもう副社長なんだ……)

握られた手をじっと見つめ、また頬が熱くなってくるのを感じる。

(私ってば未練がましいな……まだ引きずってるの？ もうずいぶん前の話なのに)

私は高校時代、女子バスケットボール部に所属していた。運動が得意というわけではなかったけれど、体を動かすのは好きだったから。

それに、かっこいいなと憧《あこが》れていた桐原先輩が男子バスケットボール部に所属していると知り、少しでも接点を持ちたいという気持ちもあった。

万年補欠で試合にはまったく出られなかったけれど、少しでも上手くなりたくて、練習は真面目にやっていた。桐原先輩がストイックに練習する姿を見て、影響されたというところもあったのだけど。

そんな高校二年生のある朝、私はこっそり練習しようと、体育館を訪れた。

(よかった……誰もいない)

軽い準備体操をした後、苦手なシュートの練習をはじめる。でも、フリースローラインからのシュートがまったく決まらず、バックボードに当たっては落ちる。

(試合でシュートを決めてみたいなぁ……。まぁ、万年補欠の私には、そんなチャンス

すらないんだけどね）

肩を落として転がったボールを見つめていると、体育館に私以外の足音が響いた。

「雑念だらけ。そんなんじゃ、シュートが決まるわけないよ」

「え……」

振り向くと、そこには制服姿の桐原先輩がいた。彼はコートに入ってきて、ボールを拾い上げる。

（どうして先輩がここに？）

「ここに立つ時は、余計なことは考えないで、無心になるんだ」

彼はそう言いながら私の横に立ち、ボールを頭上で構えると、ごく自然に手を離す。

それは美しい弧を描きながら、導かれるようにゴールネットに収まった。

「すごい……」

（力んでる様子もないのに、計算されたように綺麗にゴールに入った）

「難しいことじゃないよ。やってみる？」

「あ……はい」

私が頷《うなず》くと、先輩は自分のシュートしたボールを拾い、私に持たせる。その時、指先がわずかに触れた。

「きゃっ」

ドキッとして、思わずボールから手を離してしまう。ボールは大きな音を響かせ、弾《はず》みながら転がっていった。

「ご、ごめんなさいっ」

「いいよ。まあ、今のは俺の持論だから……君は君のやり方を見つけるといい」

それだけ言い残し、先輩は体育館を去った。その後ろ姿は凛《りん》としていて、目を離せない。

（先輩と話ができた……先輩の指に触れられた）

ボールを拾い上げながら、私は今までの憧《あこが》れよりずっと大きな気持ちが、自分の胸に芽生えるのを感じた。

おそらく、これが先輩への恋のはじまり。

それ以来、彼を見かけるだけで足が止まり、声を聞くだけで胸が苦しくなった。見ているだけの片思いがこんなにつらいのかと、眠れない夜をいくつも過ごした。

そんな当時のことを思い出し、胸がぎゅっと締めつけられる。

（先輩は私にとって忘れられない存在。だけど、彼は私を覚えてもいない。……こんなふうに再会しちゃって……私、平気でいられるのかな）

この日の夜は先輩のことを考えて複雑な気持ちになり、なかなか眠れなかった。

そして迎えた出社初日。やはり清楚《せいそ》を心がけ、派手にならないように気をつけながらも、しっかりとメイクを施《ほどこ》して部屋を出る。緊張のあまり、食欲はなかった。

（先輩のことは気にしないで、今は仕事を覚えることに集中しよう）

意を決して、私は気後《きおく》れするほど大きなビルに足を踏み入れる。受付の人に聞き、更衣室で先日もらった制服に着替えてから営業部に向かう。

始業時刻になると、営業部の部長が私を紹介してくれた。

「産休中の葉山《はやま》さんの代わりに半年働いてくれることになった、須藤さんだ」

私は緊張しながら頭を下げた。

「須藤です。短い期間ですが、頑張りますのでよろしくお願いします」

フロアの社員が拍手をしてくれ、無事私の仕事初日がスタートした。

部長に指名された女性社員が、簡単に仕事の説明をしてくれる。それが終わり、今日の仕事を渡されて一人になると、私は改めてフロアを見渡した。

以前勤めていた中小企業の会社と違い、ワンフロアだけでも相当広い。案内された席からはフロア全体が見渡せて、開放感があった。

（これだけ大きな会社で働くことはなかなかないだろうし、いい経験だから頑張ろう）

さっそく渡された簡単なデータ入力をして、私は前向きに仕事を進めていった。

お昼休憩の時間になり、みんなぞろぞろ移動していく。お弁当を持ってきている人も数人いるようだけど、私は何も持ってきていない。パンフレットには社員食堂があると書いてあったから、それを利用しようと思っていたのだ。

（場所がいまひとつわからないけど、ついて行けば大丈夫かな）

きょろきょろしていると、先ほど仕事の説明をしてくれた女性社員の飯田《いいだ》雅《みやび》さんが声をかけてくれた。華やかな顔立ちの可愛い子だ。

「須藤さん、一緒に食堂行きませんか？」

「あ、そうしてくださると助かります」

ぺこりと頭を下げたら、飯田さんはくすっと笑う。

「須藤さんって、丁寧ですね。年が近いんじゃないかと思ったんですけど、おいくつですか？」

「二十六歳です」

「えっ、同い年だ！　じゃあ、敬語はやめない？」

飯田さんは、ぱっと人懐《ひとなつ》っこい笑みを浮かべる。その勢いに押され、私は頷《うなず》いた。

「え、はい……じゃなくて、うん」

慌てて言い直す私を見て、飯田さんは明るい声で笑う。

（すごくいい人そう）

気軽に話せそうな人がいてホッとしつつ、飯田さんと一緒に社員食堂へ向かう。

食堂に着くと、それぞれ食べたいものを買って、空《あ》いていた席に座った。食事をはじめてすぐ、飯田さんは唇を指差して言う。

「須藤さんのリップ、すごく綺麗な色だね。朝から思ってたんだ。雰囲気に合ってて素敵。お肌もすごくキレイだし！」

「本当？　ありがとう」

（メイクを褒められた……こんな可愛い子に）

心がちょっぴり浮き立つ。

「私、メイク好きなんだ。いろいろ情報交換しようよ！」

「もちろんだよ」

派遣先でこんなふうに話ができる人に会えるなんて、思っていなかった。思わぬ幸運に、自然と顔が緩む。

（よし、気分が上がってきたし、午後も仕事を頑張ろう！）

私はカツ丼を口いっぱいに入れて、頬張る。今朝は朝食が食べられなかったし、午前中は仕事に集中していたから、すごくお腹が空《す》いていた。

もりもり食べていると、すらりとした長身の男性が歩いてくるのが目に入った。

「んっ」

思いきり頬にご飯を入れている状態で、彼と目が合う。

恥ずかしいけれど、すぐに呑み込むこともできずに、私は黙って会釈《えしゃく》した。

しかし先輩は無表情のまま素通りして、奥の席に座って一人で食事をはじめた。

副社長という立場のせいか、誰かが気安く声をかけることもない。まるで孤高の獅子《しし》のようだ。

(……先週顔を合わせたばかりなのに、まったく知らんぷりだったな)

残念に思っていると、飯田さんが興味津々《しんしん》といった様子で身を乗り出してくる。

「ねえ、副社長のこと、気になるの？」

「えっ？」

「あ、今前を通った人、副社長なんだよ。あの人、仕事ができる上に、顔が整ってるからね。それに身長も高いし……。仕事に厳しいせいで、文句を言う女子は多いんだけど、本音では好きだっていう人も多いよ」

「そ、そっか」

(高校時代と変わらず、モテモテなんだな)

高校の頃は、桐原先輩のファンクラブがあったくらいだったし、納得だ。

「でも、残念なことに彼、まったく女性に興味なさそうなんだよねー」

(桐原先輩……っ)

つまらなさそうに口を尖《とが》らせる飯田さんの言葉に、今度は私が身を乗り出す。

「それ、何か根拠があるの？」

「彼女がいるって噂もないし。過去に果敢《かかん》にアタックした人は、全員玉砕《ぎょくさい》したらしいよ。……まあ、ああいう人ってフィアンセとかいるのかもしれないけど」

「そっか……」

（告白、全部断ってるんだ。でも先輩は女性に興味がないわけじゃないよね。だって昔、彼女がいたし……）

つらい過去を思い出しそうになり、慌てて記憶に蓋《ふた》をする。

そんな私をよそに、飯田さんはデザートのプリンを食べながらため息をついた。

「だいたいさあ……人間味がなさすぎない？　あの人」

「そうかな。表情が硬いとは思うけど」

「それだよ。取引相手には笑顔を見せることもあるけど、普段は能面《のうめん》だし。感情をまったく出さないんだよ」

「そうなんだ」

確かに彼は、まるでバリアを張っているみたいに誰も寄せつけない空気がある。

（愛想を振りまくタイプじゃないのも、昔から変わらないな）

「あんまり無表情だから、社員からは密かに〝鉄仮面《てっかめん》〟って呼ばれてるんだよ」

(鉄仮面《てっかめん》……)

ちらりと奥の席に目をやると、もう食べ終えたのか、先輩の姿はなかった。

鉄仮面《てっかめん》というのは言いすぎじゃないかと思うけど、高校時代も似たようなあだ名をつけられていた。常に無表情だし、異性への塩対応から、『氷の王子』と呼ばれていたのだ。

(でも本当に冷たい人なら、あの時の私に、シュートのアドバイスなんてしないと思うんだよね。感情を表に出さないのには、理由があるんじゃないかな。これは、ただの勘だけど……)

そんなことを考えて黙り込むと、飯田さんは楽しげに笑った。

「ふふっ、須藤さんは副社長が気に入っちゃったみたいだね」

「……っ、まあ……興味がないわけじゃないよ」

「やっぱり？」

(何年経っても忘れられない人だしね。それに……)

口に出せないことを、心の中で呟《つぶや》く。

「でも、彼とどうなりたいとかは全然ない。それは本当だよ」

(どういう関係にもなれないよ。私は、もうとっくの昔に振られてるんだから)

あと少しで食べ終える丼を見つめながら、私は封印しきれない胸の痛みを再確認した。

私は高校時代、先輩にこっぴどく振られている。

今よりも人と話すのが苦手だった私にとって、告白するというのは清水《きよみず》の舞台から飛び降りるような勇気が必要だった。

それは、体育館でシュートの仕方を教えてもらった少し後。あの時の私は先輩への恋心が募《つの》りすぎて、もう胸に秘めておくことができなかった。

「あのっ！　桐原先輩！」

帰宅途中の彼を引き止め、周囲に人がいるのも構わず、手紙を差し出した。何日もの間、書いては消しを繰り返した、私の思いを精一杯綴《つづ》ったラブレター。

両思いになれるとは思っていない。でも、せめて自分の存在を認識してほしくて書いたのだ。

「この手紙読んでいただけませんか」

「え……手紙？」

先輩は少し驚いたように目を見開く。彼に手紙を差し出す私の手は震えていた。

「先輩が好きです。どうか……手紙だけでも受け取ってください」

居合わせた生徒たちがざわめきだす。そこで、失敗したと思った。

（うう、見られてる……もう少し場所を考えるべきだったな）

湯気が出そうなほど頬を熱くさせながら、後悔する。

(でも今伝えないと、もう二度と勇気を出せないと思うから)

先輩は私の顔を興味なさげに見つめ、そっけなく言った。

「……悪いけど、その手紙は受け取れない」

「え……」

「話したこともないのに、好きだなんて、よく言えるよね。そういう女性の感情って理解できないよ」

恐ろしく冷たい声でそう言われ、私は深い谷底に落ちたような気持ちになった。胸が激しく痛み、声も出ない。

(話したこと、あるんだけど……覚えてないんだな。でも、それを言ったところで意味ないだろうし……つまり、振られたんだよね)

彼は手紙を受け取ろうともせずにため息をついた。

「それに、今は誰かと付き合うとか、考えられない。……予定があるんだ。もう行っていい?」

「え、あ……はい」

放心状態の私を置いて、先輩は何事もなかったかのように立ち去ってしまった。

残された私はまるで晒《さら》し者だ。どういう顔をしていいかわからず、俯《うつむ》いて手紙を握りしめた。

（同じ部活だったのに、顔も覚えてもらってなかったんだ……）

これだけでも十分傷ついていたのに、次の日、私はさらなるショックに打ちのめされた。

部活の後、更衣室に忘れ物をし、取りに戻った時のこと。男子更衣室から、話が聞こえてきたのだ。

「須藤ってさー……」

（え、私？）

「見た目は大人しそうなのに、度胸あんのな。桐原に堂々と告白するなんて……びっくりした」

私の告白を見ていた男の先輩のようだ。今さらながら、恥ずかしくてたまらない。早く逃げようと思った瞬間、静かな声が響いた。

「須藤って……誰？」

桐原先輩の声だ。興味が微塵《みじん》もないその言い方に、私の心臓がドクンと一つ大きく鳴る。

「うわ、出たよ、モテ男発言。そりゃ、毎日のように告られてたら、名前も覚えられないか」

（そうだよね。告白なんて彼にとっては珍しいことじゃないんだ）

胸を押さえ、動けずにいると、さらに別の先輩の声が聞こえてきた。

「須藤って顔が薄いから、あんま印象に残らないのはわかる気がする」

（……顔が……薄い）

自分の噂をされるのも嫌だった上に、顔が薄いと思われていたことも衝撃だった。

「確かになあ。白鳥玲奈《しらとりれな》に比べたら、薄すぎて記憶にも残らない感じだよな」

「白鳥さんと比べんなよー。白鳥さんは美人なだけじゃなくて、気品もある最高の女性なんだからさ」

「確かにな！」

更衣室から笑い声が聞こえてくる。激しい胸の痛みに襲われ、私は自分の制服を強く握りしめた。

白鳥さんというのは学校一の美人で、その上、お金持ちのお嬢様らしい。

そんなマドンナと比べて笑うなんて、あまりにもひどい。

私は逃げるようにその場を走り去った。

（桐原先輩には、体育館でのことも、告白したことも忘れられて。おまけに、大勢の先輩にああやって笑い者にされるなんて……最悪）

私は家に帰ると、すぐに自分の部屋に閉じこもり、枕に顔を押しつけた。泣き声がお母さんに聞こえたら心配をかけると思って、精一杯歯を食いしばる。

『話したこともないのに、好きだなんて、よく言えるよね』

先輩のきつい一言に心をズタズタにされ、涙が止まらない。

(先輩は理解できないって言ったけど、たった一言優しい言葉をかけられただけで、恋に落ちることはあるんだよ)

心の中で反論しつつ、もう一つの言葉がよみがえってきた。

『須藤って顔が薄いから』

こんな評価が自分に下されたことも、悔しくてたまらない。味わったことのない敗北感に押し潰されそうになる。

(泣いたらこのつらさも、少しは和《やわ》らぐのかな……)

私はその日、一晩中泣き続けた。十年分の涙を流したんじゃないかと思うほどだ。そのせいか、あれ以来どんなにつらいことがあっても、涙は出ない。

しかも振られた直後、とどめを刺すかのようにさらなる衝撃を受けた。桐原先輩が、学校のマドンナである白鳥さんと付き合いはじめたのだ。

(私には『誰かと付き合うとか、考えられない』って言ったくせに)

心の中で詰《なじ》りながらも、彼にその心情の変化について聞く勇気も元気も残っていなかった。残っていたのは、言葉にしきれない絶望感だけ。

(私が相手にされなかったのは、薄い顔だから？　白鳥さんと違って、印象に残らないような……地味な人間だから？)

涙は涸《か》れた。絶望はあったけれど、これ以上落ちる穴はない。

その結果、『自分自身が変わらなければ』という猛烈な思いに火がついた。

私を地味だと言った男性を見返してやりたい。

何より、せめて桐原先輩の記憶に残るような女性になりたい……

それが、私がメイクに目覚めたきっかけだった。

(よし……桐原先輩が一目見たら忘れられないような女になってやる)

以来私はメイクにはまり、自分をベストに見せるお化粧方法を探して、試行錯誤《しこうさくご》の日々を送った。目鼻立ちをぱっちりさせ、『薄い顔』と言われないように。

そのおかげか、日を追うにつれて周囲の反応が変わっていった。

「須藤、なんか綺麗になったね」

久々に会う友人に、そんな言葉をよくかけられるようになった。

褒められるのは素直に嬉しい。私は少しずつ、変わることができたのだ。

でも、私のコンプレックスは根深かった。高校時代のショックで、いわゆる恋愛恐怖症になっていたのだ。

(メイクをした顔は綺麗だと言ってくれていても、すっぴんを見たら反応が変わるんじゃ……）

そう思うと怖くて、男性を受け入れられない。私はいつからか、交際に進む雰囲気になると逃げる癖がついてしまった。

「付き合ってほしいって言ったら、ＯＫしてくれる？」

仲良くなった男友達にそう言われても、私は及び腰になるばかり。

「私、好きな人がいるから」

こんなふうに躱《かわ》すようになったのだ。

相手のことは、決して嫌いじゃない。付き合ったら楽しいのかもしれない。

でも、すっぴんの自分を受け入れてもらう自信がなかった。メイクをした顔を褒められると嬉しいけれど、どこか自分を偽《いつわ》っているような気持ちになることすらある。

……とはいえ、悪いことばかりじゃない。

恋愛に臆病《おくびょう》になった一方で、私の性格はメイクをしたことで以前より積極的になった。

おかげで大学卒業後は無事に就職し、平穏な日々を送ってきた。

まぁ、その勤め先も突然倒産してしまい、派遣社員になってしまったわけだけど。

（人生なかなかうまくいかないもんだなあ。いつか、すっぴんを知られるのも怖くないような相手に出会えるのかな……。このままでは恋愛未経験で一生を終えることになってしまう）

こんな不安もあったから、老後にも備えたくて、仕事を一生懸命頑張ってたのに……

（偶然の流れとはいえ、先輩の会社に勤めることになるとは……運命って意地悪すぎる）

昼食を終えた私は、大きなため息をつき、複雑な気持ちを持て余したのだった。

それから二週間が経過し、少しずつ仕事にも慣れてきた。面倒を見てくれている社員さんからは呑み込みが早いと褒められ、案外楽しい日々だ。

桐原先輩とはほとんど接点がないこともあり、私の気持ちは安定している。ただ、『副社長は連日夜遅くまで残業している』という噂を聞き、少し心配だ。

その日、順調に仕事を進めていると、上司から声をかけられた。

「須藤さん、悪いけど至急、別棟にある総務部に行ってくれるかな。届けてもらいたい書類があるんだ」

「わかりました」

上司から書類を受け取り、別棟を目指す。その途中通りかかった中庭で、私は思わず足を止めた。

（いっぱい花が咲いてて、すごく綺麗）

「ん？」

　植え込みの陰から出ている人の足を見つけ、どきりとする。誰かが倒れているのかと覗《のぞ》き込むと、それは桐原先輩……いや、副社長の桐原さんだった。

（どうしたんだろう……。具合が悪いのかな）

　気になってそろそろと庭に足を踏み入れ、桐原さんの顔をうかがう。目を閉じた彼の顔は驚くほど整っていて、まるで人形のようだ。

（相変わらず、美しい顔だなあ……）

　綺麗な顔に見入っていると、桐原さんはハッとしたように目を開けた。私は思わず一歩後ずさる。

「あ……」

「あれ、君……須藤さん？」

「あ、そうです」

（今、須藤さんって呼んだ？　私のことを覚えてるの？）

　思いがけず私を呼ぶ桐原さんの声に、心がぐらりと揺さぶられる。

　顔を覚えてもらえたのは、メイクのおかげだろう。頭の中に、歓喜の鐘の音が響いた気がした。

　そんな私をよそに、彼はむくりと起き上がって不機嫌そうに言う。

「暇がないようにスケジューリングされてるはずだよね。すぐ仕事に戻って」

「え、でも桐原さんだって……」

サボってたじゃないですか、と言いかけて、彼のそばに置かれた資料が目に入る。

(眠ってたわけじゃないんだ……しかも相手は副社長！　私ったらなんて失礼なことを……)

「副社長室の設備点検の間、ここで資料を読んでいただけだ。気が散るから早く行って」

「す、すみません！」

鋭《するど》い視線にびくりと肩を震わせ、私は慌てて別棟に向かう。

(うう……確かに鉄仮面《てっかめん》。表情がなくて怖い。まぁ、今のは私が悪いんだけど)

彼には、昔と同じように付け入る隙がない。

(それにしても、社会人になってますます近寄りがたい人になったなあ。副社長っていうポジションは、私には想像もつかないほど忙しいんだろうけど)

総務部に書類を届けて戻る頃には、桐原さんはもう中庭にいなかった。

「はあ……」

営業部の自分の席に戻ると、思わずため息がこぼれる。すると、ポケットに入れていたスマホがメールの着信を知らせて震えた。

(あ……雅からだ)

あれから飯田さん——雅とはかなり仲よくなって、下の名前で呼び合っている。

『優羽ってば、恋する乙女の顔してない？　何かあった？』

ギョッとして顔を上げると、机を二つ挟んで向こう側にいる雅が、にやにやしながらこちらを見ていた。

（なんで私の顔を観察してるのよー！）

『何もないよ！』

短くそれだけ返し、すぐに仕事に戻る。

（偶然桐原さんを見かけて、ちょっと怒られて……名前を呼んでもらっただけ）

心の中でそう呟《つぶや》いてから、データ入力に没頭する。桐原さんに会えたことが、思いのほか私の調子を上げていた。大量の書類も、順調に減っていく。

二時間ほど経った頃、急にフロアがピシリと凍ったように静かになった。

「須藤さん、いる？」

（こ、この声は……っ）

「はい。います」

努めて冷静に答えると、書類を手にした桐原さんがこちらへ歩いてきた。彼の能面《のうめん》のような表情を見て、嫌な予感しかしない。

「これ、君が作った書類？」

彼の手には、昨日私がデータを打ち込んだ書類が握られている。

「そうです」

「タイピングは速いみたいだけど、ケアレスミスがいくつかある。ミスをゼロにしてくれないと、二度手間だ。君を雇っている意味がない」

机にばさりと置かれた書類は、相当急ぎを要求され、最終確認ができなかったものだった。

「すみません、気をつけます」

「謝るだけなら、子どもでもできる。今後、同じミスを犯《おか》さないように」

「はい、すみま……いえ、わかりました」

(言い方がきつい……相変わらずだなあ)

縮み上がりながらも、頭を下げていると、さらに注意が続く。

「あと、それ、処分対象の書類だよね？　すぐにシュレッダーにかけて」

「あ……」

(いつの間に置かれてたんだろう)

私がさっき席を立った時だろうか、見知らぬ書類が机の横に積まれていた。

「すぐにシュレッダーにかけます」

「契約通りの仕事をしてもらわないと、こちらも困るから。『無心』でやって」

私が面会で言った言葉を引用され、びくりと体がすくむ。

（そうか、名前を覚えてくれたのは、仕事だからか……）

やはり桐原さんが私に興味がないのは以前と変わらない気がした。

（期待するのはやめよう）

「はい……わかりました」

桐原さんが立ち去った後、私は書類をシュレッダーにかけた。

考えないようにしたいのに、気づけば桐原さんのことを考えてしまう。

（厳しいけど……彼は自分にも同じくらい厳しい人だから、悪くは思えない）

桐原さんは昔から真面目だった。

誰もいないところでずっとシュートの練習をしていたり、雨の日も欠かさずランニングしていたり、努力を怠《おこた》らない人だ。そして、試合で誰かがミスをして、そのせいで負けても、責めることはない。

誰より陰で努力し、それを人に見せずに淡々としている。

だから周囲からは心が見えないとか、冷たいと言われてしまうけれど……厳しいのは、きっと誰よりも真剣に物事に向き合っているからなんだろう。

（でも、もう少しソフトに言えば、印象が変わるのに。もしかして、不器用なのかな）

書類を処理しつつ、私は小さくため息をついた。

「あんなことを言われて、よく泣かなかったね」

昼食の時、雅は食堂でかけ蕎麦《そば》をすすりながら言った。

桐原さんは仕事の鬼で、完璧主義。だから注意されて涙を見せる社員は少なくないという。

「泣いても仕事は終わらないじゃない。それに、私がミスをしたのは事実だしね」

私が定食を食べつつ思ったことを素直に言うと、雅は感心したように私を見つめた。

「へえ……優羽って強いんだね」

「強くないよ。怒られて縮み上がったもん。涙が出なかっただけ」

肩をすくめた私に、雅は「お疲れ」と笑った。

(高校時代の失恋以来、涙は涸《か》れてるからね)

心の中で呟《つぶや》き、私はそのままランチを完食した。

食堂を出て雅と別れ、お化粧直しの前にトイレの個室に入ると、数名の女性社員が入ってきた。そして洗面台のあたりで、ガヤガヤと話しはじめる。

「どっかにいい男いないかなー。私だけの王子様的な」

「本当だよね。最近マッチングアプリ使っても、変なのばっかでさあ」

(こういう集団がいると、お化粧直しをしづらいんだよね)

上げかけていた腰をもう一度落ち着け、時間を潰す。

「えー、王子ならいるじゃん。毎日私たちを監視している、あの冷たーい目の人」

「ああ……鉄仮面《てっかめん》？　あの人はダメだよ。感情を持たないロボットだもん」

（鉄仮面《てっかめん》……桐原さんのことだ）

トイレを出るに出られず、私はその会話を聞くともなしに聞いてしまった。

「あの人の条件はすべて一流。性格の悪さも一流だよ」

「狙うなら彼でしょってみんな思ってたのにねー……。声が小さいとか、ミスが多いとか。細かいことばっかり指摘してさ……最悪。弟の翔也《しょうや》さんの方が可愛くていいと思うな」

「翔也さんは恋人いるでしょ。……あ、もう昼休憩終わるよ。早く行こ！」

そう言うと、女性たちはバタバタとトイレを出て行く。私は咄嗟《とっさ》に個室から出て、彼女たちを追いかけた。

「す、すみません！」

「え？」

私の声に驚いて、三人の女性が振り返る。

「誰？」

「あ、先日新しく入りました、派遣の須藤です」

「へえ。それで、派遣さんが何の用？」

棘《とげ》のある態度を取られるが、ここで引き下がるわけにはいかない。私はぎゅっと拳《こぶし》を握り、声を振り絞《しぼ》る。

「あの……桐原さんは性格が悪いわけじゃないと思います」

「はぁ？」

明らかな嫌悪の目を向けられて、びくりとする。けれど、桐原さんについての誤解を、少しでも解きたかった。

（あの人は……誰よりも努力家なんだよ。私は高校時代、そんな彼をずっと見てた）

だから桐原さんから目が離せなかった。好きで好きで、仕方がなくなったのだ。

私には手の届かない人だとわかっていても、告白せずにはいられなかった。

彼の上辺の表情や態度だけで、性格が悪いと決めつけてほしくない。

「桐原さんは、すごく真面目なんだと思います。小さいミスが許せないのは、自分に対してもそうだから……じゃないですかね」

私の言葉を聞いて、女性たちはくすくす笑う。

「入ったばかりの派遣社員に、なんでそんなことがわかるわけ？　そうだったらいいなーっていう妄想？」

「私たちの方が長い間、鉄仮面《てっかめん》のこと見てるっつーの」

「こんな変な子、相手するのやめよ。行こ」

私の意見はまったく受け入れてもらえないまま、彼女たちは立ち去る。

「あっ……」

昼休み終了のチャイムが鳴る中、私は誰もいない廊下にポツンと取り残された。

(はあ……私も仕事に戻らなくちゃ)

「須藤さん、なんであんな余計なことを言ったの？」

突然聞こえた声に驚いて振り返ると、腕組みをした桐原さんが立っていた。

「き、桐原さん……っ、いつからそこに？」

「君が彼女たちに声をかけたところから。波風を立てるようなことを言って、彼女たちに目をつけられたらどうする。居づらくなるんじゃないか」

確かに、もし因縁《いんねん》をつけられたりしたら面倒だ。半年とはいえ、この会社で過ごすのに気分はよくないかもしれない。

「でも、言わずにはいられなかったので」

「君は俺の何を知っているつもりで、ああいうこと言うの？」

彼にとって私は、三週間ほど前に会ったばかりの相手だ。そんな女が何を言うと思われるのは、当然だ。

「何を知っているって……そんな大層なことを言ったつもりはありません。ただ、厳しい指摘は受けましたが、私は桐原さんが理不尽なことを言っているとは思わないので」

「ふーん……」

桐原さんはいつもの無表情で、私をじっと見据《みす》える。

やがて彼は、私の頭にぽんと手を置いた。そしてすれ違いざまに、低い声で囁《ささや》く。

「俺を庇《かば》ってくれたことに対しては礼を言うよ。でも、もうあんな無茶はしなくていいから」

（あ……）

大きな彼の手の感触が、私の全身に甘い痺《しび》れのように伝わっていく。

封印したはずの思いが、また溢《あふ》れてしまいそうだ。

（駄目だよ……私は一回、振られてるんだから）

優雅に立ち去る桐原さんの背中を見て、胸がきゅっと締めつけられる。それは高校時代に何度も感じた甘くて苦い、恋の痛みだった。

どんなに自分を抑えようとしても、彼の姿を見れば胸が騒ぐ。これはもう、自分でコントロールできるものではないみたいだ。

その日は仕事を終えた後、気晴らしに新作コスメをウィンドーショッピングして帰宅した。そこからは手早く夕飯を作って、お風呂に入る。このリフレッシュタイムが私にとってとても大切なひととき。

（ご飯を食べたら、履歴書を書こう）

シャワーを浴びながらも、今日の私は仕事モードから切り換わらない。実は私には、勤めたい会社があった。そこはとても働きがいのある社風で、私の経歴も生かせそうなのだ。

（中途採用の募集を見つけられてラッキーだったな。しかも、十二月入社だから、派遣の仕事もきちんと満了できるし）

募集要項を確かめながら、私は履歴書を何度も書き直していた。応募期限はあと数日……そろそろ完成させないと。

（あの会社は大きいから、入社してコツコツ働いていったら、きっと一生独身でも生きていけるはず……絶対次はあそこに就職する！）

そう決意しつつ、アロマキャンドルに火を灯《とも》し、浴室の電気を消す。その瞬間、浴室は一気に異空間になった。

こうすると、心がすっと切り替えられる。湯船に体を沈め、頭をからっぽにした。貴重なリラックスタイムだ。

けれどしばらくして、頭に桐原さんの姿が浮かんできた。想像上の彼は私に笑顔を向け、手を差し伸べてくれる。

（桐原さん、今日も素敵だったな）

そんなことを考え、ふっと我に返る。

（いやぁ……私って本当に諦めが悪いよねえ）

苦笑しつつ、頭に手を置いた。桐原さんが昼間に触ったところだ。その重みや温もりがまだ残っているような気がして、胸がじわっと熱くなる。

（あれって私のことを気遣ってくれた……んだよね）

私は久しぶりに胸の奥に甘く温かいものを感じた。

体がすっかり温まった頃、ようやくお風呂から上がる。化粧水を肌に染み込ませながら、鏡の中の自分を見つめた。

（すっぴんの私はやっぱり地味だよね……。このままじゃ、桐原さんに顔を覚えてもらえなかったかも）

スキンケアのおかげで肌質はよくなっているが、顔の印象が薄いことはどうにもできない。メイクの力は偉大だと、改めて感じた。

次の日の朝は、とても気持ちよく起きられた。昨日、桐原さんと少し話せたからかもしれない。

（桐原さんの存在が私の中でまた大きくなってる。思いが成就することはないけれ

ど……まあ、ときめく相手がいるのは悪くないと思うことにしよう）

私の気持ちに合わせてくれるかのように晴れた空の下、私は元気に会社へ向かった。

営業部に行くと、いつも以上にバタバタしていて、みんな余裕がなさそうだ。私の机の上にも、すでに書類が積み重なっている。

（うわ……早く仕事にかからないと）

席に座ろうとした時、向かいの席の社員さんが私に気づいた。

「須藤さん。忙しいところ悪いけど、午前中の手が空《あ》いた時に資料室にあるパンフレット持ってきてくれる？　午後に発送準備するから」

「はい、わかりました」

私は急ぎの仕事を確認し、優先順位を決める。そして午前中に終わらせなくてはいけないデータ入力に集中する。すべて終えた後、ミスがないよう丁寧に確認した。

「……よし！」

完成したデータを担当者に送信し、頼まれていたパンフレットを取りに資料室へ向かう。

そこで待っていたのは、想像以上に大きな段ボール箱だった。それを見て、ううむと唸《うな》る。

（結構重そうだなぁ……カートに載せるか。でもカートって別棟にしかないんだっけ？

時間がもったいない)

「持てないこともない、はず」

そう判断した私は、段ボールを両手で抱えた。途端に前が見えなくなる。

とりあえず、時おり前を確認しながら、一歩ずつ慎重に歩を進めた。

営業部のオフィスまで、あと半分——そこまで来た頃には、手が痺《しび》れ、額《ひたい》にうっすら汗がにじんでいた。

と、その時——ふっと荷物が軽くなる。そして私の手から段ボール箱が離れた。

「こんな無茶ぶりしたの誰?」

段ボール箱を軽々と抱えた桐原さんは、呆れたように言う。

「あ……桐原さん」

今日も廊下で会うなんて、すごい偶然だ。

「また君か」

「あ、はい」

「一人で無理なら協力を頼むべきだろ。怪我したらどうする」

「いえ、大丈夫ですよ。フロアまでそんなに距離はないですし」

(副社長にこんな重いものを持たせるわけにはいかない)

私は慌てて段ボール箱を取り返そうと手を伸ばす。けれど、桐原さんはお構いなしにずんずんと歩いて行ってしまう。

「あの、私、持てます！」

声を上げながら駆け寄る私を振り返り、彼は口元を緩めた。

（笑った……！）

その笑顔はびっくりするほど優しくて、鼓動がドクンと鳴る。

（作り笑いじゃなくて、自然な笑顔だ……初めて見たかも）

「須藤さんの意欲は認める。でも、前が見えない状態で歩くような無理をするなら、ちゃんと周りを頼った方がいい」

「は、はい……」

思いがけない優しい言葉に、目を丸くする。

「これ、営業部の前に置いておけばいい？」

「はい」

私の返事を聞くと、桐原さんはすたすたと廊下を進み、営業部の前に段ボール箱を下ろした。そして、何も言わずにその場を去る。

（自分が運んだって思わせないように、気を使ってくれたのかな）

「……あ。私、お礼も言ってない」

我に返り、慌てて桐原さんを追いかけた。けど、彼はもうエレベーターに乗り込み、追いつく前に扉が閉まってしまった。

「ああ……まさか二日連続で桐原さんと接触できるとは……」

お礼を言い損ねたことは失敗だったが、鉄仮面《てっかめん》とまで言われている彼の笑顔が見られたのは、私にとって大きな収穫だった。

（さりげなく優しくしてくれたり、微笑んでくれたり……。無意識だろうけど、罪な人だな）

封じたはずの思いが再燃するにつれ、胸の痛みも増している。わかっていても、惹《ひ》かれずにはいられない。私は、そんな自分を持て余すのだった。

それからしばらく、桐原さんと会えない日が続いた。雅の情報によると、彼は普段ほとんど取引先に出かけていて、社内にいることは結構珍しいらしい。

（じゃあ社内で何度か会えたのは相当ラッキーだったんだな）

桐原さんの姿を見られないのは残念だけど、私の仕事も忙しくなってきて、彼のことを気にしている暇はなくなっている。私は大量の仕事に追われ、化粧直しもろくにできない日々を過ごしていた。

そんなある日、終業後に帰り支度をしていると、雅が小さな紙袋をくれた。

「優羽、これあげる」

開けてみると、新作の口紅が入っている。仕事用で使っている口紅よりも華やかな色で、素敵だと思っていたものだ。

「あ、これ欲しかったやつだ！　いいの？」

「この色が優羽に合うと思って。よければ使って、私も色違いで買ったの」

「ありがとう、雅！」

「優羽、超頑張ってるし、これでリフレッシュして」

「うん、本当にありがとう」

仕事でくたびれた心に、この気遣いはとてもうれしい。

私は更衣室で着替えをし、帰りがけに寄った化粧室で、さっそく口紅を試してみた。

雅が言った通り、その色は私に合っている気がする。

ついでにぱぱっと化粧直しをすると、疲れが吹き飛んだような気がした。

(最近、ほとんど化粧直しできてなかったもんね。またちゃんとしよう)

そう思いながら化粧室を出る。するとエレベーターホールで、ちょうど外から戻ったらしい桐原さんとばったり出くわした。

(わあ……なんだか久しぶりだな)

「お疲れ様です」

少し緊張しながらぺこりと頭を下げる。すると桐原さんは立ち止まって、何か言いたげな顔をした。

「あの……？」

不思議に思って尋ねても、彼は私の顔をじっと見つめるばかりだ。私は及び腰になる。

「私の顔に何かついてますか？」

「いや。なんだかいつもと印象が違うなと思って」

「えっ？」

「よくわからないが、ちょっと華やかな雰囲気だな」

その言葉で、口紅の色が違うことを言っているのだと気がついた。

（桐原さんって、メイクの違いとかわかるんだ……）

意外すぎて言葉が出ない。けれど、褒められたのはすごく嬉しい。

「あ、ありがとうございます」

「いや」

そこで桐原さんはゴホゴホッと咳《せ》き込む。そういえば、彼の顔が少し赤いような気がする。

「桐原さん、お風邪ですか？」

「いや……そんなことはないんだが……。じゃあ、お疲れ様」

彼は覇気《はき》がない様子で、エレベーターに乗り込む。その背中に、慌てて声をかけた。

「お疲れ様です！　あの、お大事にしてください！」

(大丈夫かな……)

桐原さんはそんなことはないと言っていたが、明らかに具合が悪そうだ。

ふと視線を落とすと、二つ折りの財布が開いた状態で落ちていた。拾おうとしゃがみ込んだら、財布のカード収納に入っている免許証の名前が見える。

(これ、桐原さんのお財布だ！　どうしよう、届けないと)

私は慌ててエレベーターに乗り込み、副社長室に向かう。副社長室の前に着くと、ドアをノックした。しかしいくら待っても返事がない。

もう一度ノックするが、やはり返事はない。

(もしかして、いないのかな?)

不在なら、鍵がかかっているだろう。私はそれを確かめるため、ドアノブに手をかける。すると、ドアノブはスムーズに回った。

(鍵が開いているなら、いるってことだよね。それなのに返事がないのは変じゃない？あ、桐原さんはさっき、体調が悪そうだった……まさか、倒れてたりしないよね?)

いよいよ心配になり、そっとドアを開けた。

「桐原さん、すみません。須藤ですが……」

そう声をかけながら部屋の中を覗《のぞ》き込むと、桐原さんは靴を脱いでソファに横になっていた。私は驚いて思わず駆け寄る。

彼は目を閉じていて、どうやら眠っているらしい。ネクタイを緩めており、ボタンの外れたシャツの隙間から綺麗な鎖骨が見えて、ドキッとする。

(す、すごい色気なんですけど……いやいや、それどころじゃない)

「桐原さん？　大丈夫ですか？」

小声で尋ねると、彼は目を閉じたまま、小さく口を開けた。

「ん……大丈夫だ……少し眠ればすっきりする……」

「でも、結構つらそうに見えますよ。こんなところで寝たら体調が悪化しそうですし、今日は帰ったらいかがですか？　お一人で帰れますか？」

「あぁ……楽になったら……」

彼はそう呟《つぶや》き、すうっと眠り込んでしまう。

そっと彼の額《ひたい》に手を置くと、熱はそこまで高くない。彼が言うように、一人で帰れないことはないだろう。けれどこのまま何もかけずにソファで寝ていたら、熱が上がってしまうかもしれない。

(困ったな……。あ、そうだ！)

私は急いで営業部の自分のデスクに戻り、冷え対策で使っている私物のブランケットを持ち出した。背が高い桐原さんの全身を包むほどの大きさはないが、少しは体を温められるだろう。

副社長室に戻ると、彼にそっとブランケットをかける。そして、目を覚ました時に不審に思われないよう、メモを残した。

「派遣の須藤です。お財布が落ちていたので訪ねましたが、ノックをしても返事がなかったので入室させてもらいました。勝手をして申し訳ありません。お大事にしてください。ブランケットは折を見て取りに来ます……と」

メモはお財布と一緒に、ローテーブルに置いた。

（桐原さんが、早く元気になりますように……）

『副社長室に勝手に入るなんて』『余計なことをするな』と怒られる覚悟をしつつ、彼の回復を祈り、部屋を後にしたのだった。

次の日の朝、出勤すると私の机の上に綺麗に畳《たた》まれたブランケットが置かれていた。

（桐原さん、体はもう大丈夫なのかな？　……わざわざ返しにきてくれたんだ）

ブランケットを手に取ると、間にメモが挟まれている。それを見て、一気に頬が熱くなった。

『昨日はありがとう。お礼をしたいから、空《あ》いている日を教えて』

そんなコメントの下に、メールアドレスが記されている。

（お礼って……そんなのいいのに。それよりも、体が心配だよ）

私は慌てて、そのメールアドレスに連絡する。

『桐原さん、須藤です。ブランケット、わざわざありがとうございました。体調は大丈夫ですか？　桐原さんが元気になってくだされば、お礼は結構です。お忙しいと思いますが、あまり無理はなさらないでください』

するとすぐに返事が来た。『君のおかげで、もうすっかり元気だ。ぜひお礼をさせてほしい』という。

お礼と言われても、大したことはしていない。大袈裟《おおげさ》なことを言われて少々怯《ひる》んでしまう。

返事に困っていると、またも桐原さんからメールが届いた。

『今朝は大事な会議があったから、あのまま風邪が悪化していたら一大事だった。どんな形であっても、お礼をさせてもらう。なんなら営業部に直接行ってもいいが……』

私はひぇぇと縮み上がる。これは半分脅しではないだろうか。

そう思う反面、心が少し弾《はず》む。桐原さんに認識してもらい、話ができ、あまつさえ感謝まで……。そんなの、高校生の頃には考えられなかった。

（なんだかかえって申し訳ないけど……お言葉に甘えても、いいかな？）

はしゃぎそうな心を抑えつつ、桐原さんにメールを返す。

『お気遣いありがとうございます。私は当面予定がないので、いつでも大丈夫です』

するど桐原さんから、『じゃあ、今日でもいいかな。終業後に地下の駐車場に来て』

とメールが届いた。

まるで夢みたいだ。そう思って何度か頬をつねってみるが、痛い。

(夢じゃない……)

今日の夜は、仕事の用件以外で桐原さんに会える。……緊張で目眩《めまい》がしそうだ。

(でも、嬉しい……!)

私は驚くほど仕事を勢いよく仕上げ、終業時刻になるとすぐに着替え、化粧室へ飛び込んだ。

メイクを直して、急いで駐車場に向かう。すると、桐原さんは高級そうな外国車の前に立っていた。

「遅れてすみません!」

「別に待ってないよ。昨日はありがとう」

「いえいえ、とんでもありません!　あの、お体は本当に大丈夫ですか?」

「あぁ。須藤さんのおかげですっかり。それで、今日は突然悪かったね。俺の行きつけのレストランに行こうと思っているんだけど、食べられないものはある?」

確かに桐原さんは、再会してから社内で会ったどの時よりも、元気そうだ。というか、心なしか厳しさが薄れ、明るい感じがする。

(元気なのはよかったけど……食事するの？　大したことしてないのに)

「いえ、特にありませんが、あの」

「それはよかった。じゃあ乗って」

私の言葉を遮《さえぎ》り、桐原さんは助手席のドアを開けてくれる。

(せっかくだし、今日はお言葉に甘えちゃおうかな……)

「じゃあ……失礼します」

私は恐縮しつつ、助手席にそっと乗り込んだ。座席はふわっと包み込むような座り心地で、まるでマッサージチェアだ。

(うわ、さすが副社長の乗る車は違うなあ)

桐原さんもすぐに運転席に乗り込み、静かにエンジンをかける。そしてふっと笑った。

「そんなに緊張しなくても……。今日は、俺が副社長だってことは忘れて」

「それって……どういうことですか」

「肩書きにとらわれない方が話しやすいでしょ」

(お礼をしたいのは、副社長としてじゃないから……ってことかな？)

いまいちよくわからない。首を傾《かし》げる私を乗せ、車はゆっくりと進み出した。

　連れてきてもらったレストランは、かなり高級なところだった。気軽に食事をするという感じではない。私は自分の服を慌てて確認する。通勤用の落ち着いた服だから、ギリギリセーフだろうか。

（こんな高級レストランに連れてこられるとは思わなかった……）

　内心あわあわしながら、エスコートされて席につく。落ち着いた内装で、店内には静かにクラシック曲が流れている。

「素敵なお店ですね。ここはよく来られるんですか？」

　店内に飾られた絵画や花を見ながら聞くと、桐原さんは小さく頷《うなず》いた。

「帰宅して食事を作るのが面倒な時は、ここに寄ることもあるよ」

「え、桐原さんって、自炊されるんですか⁉」

　このレストランの常連さんということは驚かないが、自分で料理をするというのは意外だ。お手伝いさんでも雇っていそうな感じなのに。

　そんな私の反応に、桐原さんは不思議そうな顔をする。

「俺が自炊していたら、おかしい？」

「いえ、そうじゃないんですけど。……家事はあまりなさらないイメージだったので」

　言葉を選びつつ、正直な感想を言った。すると彼はふっと笑う。

「周りはそう思ってるのかもしれないけど、案外地味な生活だよ。父親が厳しい人でね、楽をして生きるとろくな奴にならないって言われて、高校時代から弁当は自分で作ってた」

「高校時代から！　そうなんですか」

（知らなかった……あの桐原先輩が……）

桐原さんの意外な一面を知ることができて、ちょっと嬉しい。

それから、彼のおすすめだという魚のコース料理をお願いすると、ウェイターがグラスに白ワインを注《つ》いでくれた。

そこで、桐原さんが少し身を乗り出す。

「改めて……昨日はありがとう」

「いえ、すみません。勝手なことをして。部屋にも無断で入りましたし……」

「いや、財布を届けに来てくれたんだろう。それに体調も気遣ってくれて、嬉しかったよ」

予想外の素直な言葉に、胸がドキンと鳴る。今日は表情も柔らかいし、目の前の人は本当に桐原さんなのだろうか……とちょっぴり思ってしまう。

私は頬が熱くなるのを誤魔化すように口を開く。

「わ、私こそ、先日のお礼をずっと言いそびれていて」

「お礼？」

「重い段ボール箱を持っていただいたじゃないですか」

少し考えて思い出したようで、桐原さんは「ああ」と頷《うなず》いた。

「お礼を言われるほどのことじゃない。あんなの覚えてるなんて、律儀《りちぎ》だな」

「そんなことないですよ……本当に助かりましたから」

「ならよかった」

彼はふっと小さく笑い、ワイングラスを持ち上げた。

「じゃあ、料理をゆっくり楽しんで」

「は、はい」

私も彼にならってワイングラスを掲《かか》げる。ワインを一口飲んでグラスを置くと、彼は口を開く。

「今日は本当に遠慮なく楽しんで。俺も車はここに預けて、タクシーで帰るつもりだから」

「じゃあ、お言葉に甘えて……。ありがとうございます」

「あまりかたくならなくていいよ。気楽にして」

普段はあまり聞かない柔らかな口調だ。風格と落ち着きのある振る舞いに、ドキドキする。

（桐原さんは、やっぱり御曹司なんだな……）

会社での厳しさが嘘のように、棘《とげ》が取れている桐原さん。そんな彼に、私も緊張が緩む。

(いつもこんな感じなら、みんなも接しやすいんだろうけど。あ、でもそれだと女性の人気が上がりまくるだろうから困るな……)

そんなことを思いながら、私はもう一口ワインを飲んだ。

その後、ワインと一緒に料理もいただき、私の緊張はほぐれた。

メイン料理である白身魚のムニエルを口にした瞬間、目を見開く。そしてつい声が大きくなってしまった。

「おいしい！　さっきのテリーヌもおいしかったですけど、このムニエルも最高ですね！」

すると桐原さんは手を止めて、じっと私を見た。

「あ……すみません。つい興奮してしまって」

(私ってば、お酒で気持ちが大きくなりすぎ)

自分が恥ずかしくて、頬が熱くなる。桐原さんは呆れたかもしれない。

しかし彼は、優しく目を細めた。

「会社でもその表情でいればいいのに」

「え……」

思わぬ言葉に、私は手を止めて桐原さんを見る。

「えっと、その表情……とは？」

「今、すごくいい顔をしてるよ。生き生きしてるっていうのかな。羨《うらや》ましいくらいだよ」

彼の目に、私はそんな風に映っているのか。そもそも、私の表情を意識してくれたというだけで、嬉しい。心臓がバクバクしている。

そういえば、昨日はメイクの違いにも気づいてくれたし……少しは彼の視界に入っているのかな。

期待しちゃダメ、と自分に言い聞かせながら、私は答えた。

「そ、そうですか？　ちなみに、会社での私って、どんな顔をしているんでしょう？」

「そうだな……少なくとも俺の顔を見ると、こわばるのは間違いない。まあ、俺も相手をリラックスさせるような人間じゃないから、仕方ないんだけど」

桐原さんは、困ったように眉を寄せ、口元を緩める。

その言葉に私は焦った。確かに桐原さんを意識するあまり、彼の前では緊張してただろう。

「いいえ、緊張してしまうのは確かなんですけど！　それは桐原さんがそうさせているというわけではなく……」

（あなたにドキドキしているから、必要以上に体に力が入っちゃうんです）

こんな本心は言えるはずもない。でも、桐原さんが少しは私に関心を持ってくれているのがわかって嬉しい。それに彼は、再会してから私のことを『須藤さん』と名前で呼んでくれている。高校時代にはかなわなかったことだ。

（思いがけない展開だったけど……昨日おせっかいを焼いてよかったな）

「えっと、上手く言えないんですけど……私は桐原さんと少しでもお近づきになれて、すごく嬉しいですよ」

（同じ会社にいられるのは半年間でも、きっと一生の思い出になる）

彼への気持ちは、心の中にしまっておくつもりだ。でも、悪い感情を持っていないことだけは伝えておきたい。

そう思って言葉にしたら、桐原さんは黙り込んでしまった。

（え、私、変なことを言ったかな……？）

心配になって彼を見ると、ほんの少し頬が赤らんでいるように見える。

（もしかして、照れてる？　いやまさか……あの桐原さんが？）

「顔合わせの時から思ってたけど、須藤さんって言葉がとてもまっすぐでいいね。心に響くよ」

「そう……ですか？」

「うん。回りくどく察しなきゃいけないような言葉じゃない。君みたいな人との付き合いは少ないから、とても貴重だ」

桐原さんの真意はわからないけれど、マイナスの感情ではないだろう。

「仕事熱心なのも買ってるし。君がうちの会社に来てくれてよかったよ」

「あ、ありがとうございます。これからも頑張ります」

「……結局、仕事の話になっちゃったな」

くすりと笑った桐原さんにつられて、私も笑う。

こうして、おいしい料理と桐原さんとの楽しいおしゃべりで、私はお腹と心を満たしたのだった。

食事を終え、私たちは並んでレストランから出た。

「ごちそうさまでした。料理もおいしかったし、桐原さんとお話しできて、楽しかったです」

「いや、俺も一人で食事するよりずっといい時間だった」

桐原さんの言葉に驚き、彼を見上げる。

（私との時間を……いい時間だったって言ってくれた）

スマートで凛々《りり》しくて、高校の頃よりずっと大人っぽくなった彼を見つめ、このまま別れるのが急に寂しくなった。

「そんな風に言ってもらえて、嬉しいです。名残惜《なごりお》しいくらいで……、帰りたくないな……」

私の口からこぼれた呟《つぶや》きに、桐原さんは驚いて目を見開く。

その顔を見て、自分が何を言ったのか理解した。もう少し一緒にいたいと誘ったみたいじゃないの。私は慌てて、手を横に振った。

「あ！　なんかすみません！　えっと、そのくらい楽しかったってことで、他意はなくて……っ！」

「楽しかったから、まだ……帰りたくない？」

まっすぐに見つめられ、言葉に詰まる。けれど彼は目を逸《そ》らしてくれない。私は少しためらった後、小さく頷《うなず》いた。

桐原さんは「そうか」と言い、考えるような素振りをする。

困らせてしまっただろうか。どう言ったら流してくれるかな。ぐるぐると考えていると、彼が口を開いた。

「じゃあ、バーでもう少し飲もうか」

思わぬ提案に、私は目を見開く。そんなつもりはなかったけれど、せっかくのお誘いだ。断る理由はない。

「はい！　ありがとうございます！」

心なしか声がうわずってしまう。彼はふっと小さく笑って、私の方へ腕を差し出した。

「ワインで少し酔ったでしょ。危ないから掴まって」

「あ……はい」

（なんだか……恋人っぽい）

ドキドキしながら桐原さんの腕に手を置くと、彼はそのままゆっくりと歩き出した。

なんだか、体がふわふわしている気がする。それはワインのせいなのか、彼に近づいているせいなのかわからない。

でも、すごく幸せな気分なのは確かで、私は胸のときめきを抑えきれなかった。


連れて行ってもらったバーは、ホテルの最上階にある、眺めのいい素敵な場所だった。

「こんな素敵なところに連れてきてくれて、ありがとうございます」

私は案内された席から見える夜景に、うっとりと目を向ける。桐原さんも同じように夜景を見つめながら、ふっと笑った。

「須藤さん、ちょっと変わってるよね。俺と長い時間過ごしたがるなんて」

何を言われているのかよくわからず、私は首を傾《かし》げる。

「仕事で知り合った女性と食事をする機会もたまにあるけどね。みんな、早く帰りたがる。社内の飲み会だって、俺が参加する時はさっと終わるくらいだよ」

少し寂しそうな表情の桐原さんに、胸がきゅんと締めつけられる。

(私でいいなら、いくらでもお付き合いするのに)

「私は桐原さんとなら、ずっと一緒にいても楽しいと思います。本当です！」

真面目にそう言うと、桐原さんは照れたような顔で私を見た。

「そう……ありがとう。あ、そろそろドリンクを決めようか。好きなカクテルとか、ある？」

「えっと、あんまり詳しくなくて……どうしようかな」

メニューを覗《のぞ》き込んでみるが、よくわからない。

「俺はマティーニにしよう。須藤さんは……ピンクレディとかどう？　甘くて飲みやすいよ」

「じゃあそれでお願いします」

桐原さんは頷《うなず》いて、慣れた様子でボーイさんを呼んで注文する。その様子がとても自然で、かっこいい。

(桐原さんにカクテル選んでもらっちゃった……なんか嬉しい)

カクテルが運ばれてくるまでの間、私たちはしばらく黙ったまま夜景を眺めた。この静かな時間がとても大切な宝物のように感じる。

「……桐原さん、ここにはよく来るんですか？」

なんとなくそんな質問をすると、彼は小さく首を傾《かし》げながら答えた。

「まあ、たまに仕事で疲れたら寄るくらいかな。……そういえば、女性を連れてきたのは初めてだ」

「え、そうなんですか？」

思わぬ言葉に、声がうわずってしまう。

桐原さんは会社では鉄仮面《てっかめん》呼ばわりされるくらいで、人気があるとは言いがたい。でも間違いなく美形で、今日みたいに少しオフの顔を見たら、魅了《みりょう》される女性はたくさんいるはず。

恋人がいるのではと思っていたが、今はいないんだろうか。

「そうだね。最近はプライベートで女性と会うことは、ほとんどないし。今日は須藤さんにここの夜景を見せたいと思って選んだんだけど、喜んでもらえてよかった」

桐原さんはまた照れたように笑う。その笑顔と彼の気持ちが嬉しくて、胸が甘く切なく締めつけられた。

その時、カクテルが運ばれてくる。ピンクレディは、その名の通りピンク色の可愛らしいカクテルだった。

桐原さんともう一度乾杯し、カクテルを口にする。その甘酸っぱい味にほろっと心が溶けた。

——もう過去にこだわるのはやめよう。

唐突に、そんなことを思う。

高校時代にあっけなく振られたことを、まだ傷のように思っていたけれど、過去は過去。こうして桐原さんと話ができるようになって、彼が冷たい人じゃないと知って——やっと過去にできると思えた。

高校時代に私に対して無関心だったのも、何かほかに気になることがあったからかもしれない。なんにしても、悪意があったわけではないだろう。

前の会社が倒産したことも、なかなか転職先が見つからないことも、不運だった。でも、桐原さんと再会できたことを思うと、これはこれでよかったのかもしれない。

胸がすっきりして、自然と口元が緩む。

その時、夜景を見ていた桐原さんがぽつりと呟《つぶや》いた。

「そうだ。須藤さんだから、一緒に綺麗な夜景を見たいと思ったんだ」

「え？」

意味深な言葉に、きょとんとしてしまう。

（それってどういう意味？）

桐原さんの真意をはかりかねていると、彼はぎゅっと私の手を握ってくる。大きく熱い手のひらに触れて、体が痺《しび》れたように火照《ほて》った。

「え……っ、あ、あの、桐原さん……っ？」

戸惑う私を、桐原さんはまっすぐ見つめてくる。その瞳には、見たことがない熱がこもっているように見えた。

胸の奥がキュッと甘く鳴る。

「須藤さん、今日は君とゆっくり話ができて、本当によかった。昨日のことだけじゃなく、今日は突然だったのに時間をくれてありがとう。また機会があったら、誘っていいかな？」

優しい声で聞かれ、私は言葉を発することができず、こくりと頷《うなず》く。

桐原さんは「ありがとう」と言うと、そっと手を離した。

（どうしよう、私、勘違いしちゃだめなのに……）

離れた後も、彼の手の温もりがなかなか消えてくれない。

さっきの言葉はきっと、社交辞令。お世辞に違いない。そう自分に言い聞かせるのに、胸のドキドキはおさまってくれない。

期待しないようにと自分自身をなだめながらも、私は彼の優しい視線にときめくのを止められなかった。

2

桐原さんと一緒に食事をしてから一週間と少し経った休日。私は自宅のアパートでのんびりしていた。

あの日以来、桐原さんとは話をしていない。食堂で何度か姿を見かけたけれど、声をかける勇気はなかった。

（廊下ですれ違ったり、食事に連れて行ってもらえたりしたことが、夢みたい……。あんなに話せることは、もうないかもしれない）

そんなことを考えていた時、メールが届いた。何の気なしに見てみたら、桐原さんからだった。

（えっ桐原さんだ！　どうしたのかな？）

ドキドキしながらメールを開くと、『電話をしてもいいか』という内容の短い文面だった。こんなことを聞いてから電話するなんて、桐原さんは相当律儀《りちぎ》な人だ。ちなみに電話番号は、先日の別れ際に交換した。

『もちろん大丈夫です』と返信すると、すぐに電話がかかってきた。

「はい、須藤です」

『休み中にごめん。実は君にお願いしたいことがあって』

電話越しの桐原さんの声は、実際よりも低くて色っぽさがある。体がぞくっと震えてしまい、少し慌てた。

「な、なんでしょう」

『実は来週の土曜日、取引先主催のパーティーがあるんだけど、女性を同伴してほしいという要望があってね。その相手を須藤さんにお願いできないかと思って』

思わぬ話にびっくりする。桐原さんのパートナー役なんて、私に務まるのだろうか。

「え、私でいいんですか？」

『君だからお願いしているんだ。社員の中から選ぶと、後々うるさくてね』

「ああ、そういうことですか……」

（半年契約の私なら適任なわけね。社外の知り合いは、都合がつかなかったのかな？）

選んでくれた理由に少しがっかりしたけれど、桐原さんの同伴者になれるなんて、またとない機会だろう。ＯＫすると、桐原さんは安心したようにため息をついた。

『ありがとう、すごく助かる。詳細はまたメールするけど、当日は社交場にふさわしいそれなりの衣装でお願いできる？』

「はい、わかりました」

『じゃあ、当日はよろしく』

通話を終え、私は胸を押さえた。どくどくと脈打っている。

(何か……大変なことになった)

私は慌ててクローゼットを開け、パーティーに見合った装《よそお》いを選ぶ。

(友達の結婚式で着た服でいいかな。ドレスってほどのものじゃないんだけど……)

手持ちの中では一番高価で見栄《みば》えのいいワンピースを出し、体に当てて鏡を覗《のぞ》き込む。

これに大ぶりのネックレスを合わせれば、それなりに見えるだろう。

(よし、当日はパーティーメイクで行こう！　桐原さんのパートナーとして恥ずかしくないようにしなくちゃ！)

桐原さんにとっては仕事だとわかっていても、はりきってしまう。

それからの一週間、私はパーティーに備えて、いつもよりお肌の手入れを念入りにした。食べ物にも気を使い、まるで結婚式前の花嫁のようだなと自分でもちょっとおかしくなった。


そしてとうとうやってきたパーティー当日。午後二時の開始に備え、一時に私のアパートの最寄駅で待ち合わせだ。

起床後すぐにシャワーを浴び、時間をかけてメイクをする。会社用のメイクよりも華やかになるよう、でも目立ちすぎないようにと注意しながら。髪型もきちんとした方がいいだろうと、ヘアアイロンで巻いてアレンジをした。

（社交場にふさわしい格好になってるかな……）

準備を終えると、かなり余裕を持って家を出る。初夏の風を受けながら、私は駅前に向かった。

駅に着くと、見覚えのある車がロータリーに停まっていた。そっと窓を覗《のぞ》くと、上質なスーツを着こなした桐原さんがいる。スマートフォンに目を落としている横顔は、まるで恋愛映画のヒーローみたいだ。

（ああ……本当に、かっこいいなあ）

「桐原さん、お待たせしました」

一呼吸置いてからドアをノックし、そう声をかける。

彼は驚いたようにこちらを見て、すぐに助手席のドアを開けてくれた。

「ごめん、気がつかなかった。乗って」

「失礼します」

この車の助手席に乗るのは二度目だけれど、やはりふかふかで心地よい。緊張が少し和《やわ》らいで、自然にため息が漏れた。

「今日はめんどうなお願いをして悪かったね」

「いえ、全然大丈夫です。それより私、パーティーなんてほとんど参加したことがないので、粗相をしないか心配で……。一応、マナーなんかは調べて、頭に入れてきたのですが……」

安請け合いしてしまったが、一般庶民の私に桐原さんのパートナーが務まるのだろうか。不安でちょっぴり胃が痛い。

そんな私を見て、桐原さんは口元を緩めた。

「大丈夫。俺がエスコートするし、それに……今日の須藤さんは一段と素敵だから、気《き》後《おく》れせずに楽しんでくれたらいい」

「……っ」

思わぬ褒め言葉に、一瞬返事に詰まってしまう。

「あ、ありがとうございます。精一杯のお洒落《しゃれ》をしてきたので……そう言ってもらえると嬉しいです」

「可愛いことを言うね。じゃあ行くよ」

そう言って、桐原さんはスマートに車を発進させた。

(桐原さんに褒めてもらえるなんて……。社交辞令だろうけど、嬉しい。ちょっとがんばってよかったな)

調子に乗らないようにと自分をいさめつつ、桐原さんの言葉が嬉しくて仕方がない。

そんな自分に少し呆れる。

高校時代、涙が涸《か》れるほど泣いたにもかかわらず、桐原さんへの気持ちはすっかり再燃していた。期待してはダメだと警告する自分がいるのに、距離が近づくほど彼のそばにいたくなってしまう。

（ああ、やっぱり好きだ。私……桐原さんが大好きな気持ちを、止められない）

私はもう、甘く切ない胸の痛みに耐えるしかなかった。


パーティー会場は、高級ホテルで一番大きな広間だった。会場に入ると、たくさんの人で溢《あふ》れかえっていた。

そんな中、桐原さんに大勢の人が声をかけてくる。彼はやはりこの世界では顔が知られているんだなと改めて感心した。

「須藤さんは挨拶《あいさつ》の時だけ俺の隣にいてくれたらいいよ。もし食べたいものとかあったら、離れて取りに行ってもいいし」

「あ、はい」

シャンパングラスを手に、桐原さんと一緒に会場を歩く。周囲の女性からの嫉妬《しっと》の目を感じ、ややいたたまれない。

（やっぱりどこに行っても、桐原さんって女性の目を引くんだなあ）

彼の華やかなオーラを再認識する。

そこでふと、桐原さんがこの間『最近はプライベートで女性と会うことはほとんどない』と言っていたことを思い出す。高校時代に付き合っていた白鳥さんと別れた話は、風の噂で聞いたことがあった。その後は、恋人はいないのだろうか。

（……雅が言ってたみたいに、フィアンセがいたりして）

そんな余計なことを考えているうちに、うっかり桐原さんとはぐれてしまった。

（どうしよう……挨拶《あいさつ》の時は隣にいてって言われたのに）

慌てて会場を探し回っていたところ、不意に肩を掴まれる。

「桐原さん？」

安心して振り返ると、見知らぬ男性が立っていた。どこか西洋風な顔立ちの綺麗な男性だ。

桐原さんじゃないとわかり、私は慌てて頭を下げる。

「あ、すみません。人違いでした」

「いや、実は俺も桐原なんだ」

「え？」

「俺は桐原翔也。桐原蓮の弟だよ。君は兄貴と一緒に来た人だよね」

翔也と名乗った男性は、人懐《ひとなつ》っこい笑みを浮かべている。弟だというのに、桐原さんとはまったく雰囲気が違う。

（桐原さん、弟さんがいたんだ。……あ、そういえば会社の女性が噂してたな）

化粧室で聞いた噂話で、そんなことを言っていた気がする。

「初めまして。私、須藤優羽と申します。お兄様には会社でお世話になっています」

「へぇ……じゃあ恋人ってわけじゃないんだ」

「もちろん、違います」

翔也さんは私の空《あ》いたグラスを見て、「同じのでいい？」と聞いてくる。

「え、あ、はい」

私の答えを聞きながら、彼は近くのウェイターを呼びとめた。そしてスムーズに新しいグラスと交換してくれる。とても手馴《てな》れた様子だ。

「優羽ちゃん……だっけ。君、このパーティー会場でも一番可愛いよ。めちゃくちゃ華やかな顔立ちで、口元がキュート。俺の超タイプかも」

「え……っ」

軽い調子で言われ、反応に困る。

それに、華やかだと言ってもらったが、私の顔は元々薄いと笑われるほどだ。こんな風に言われると居心地が悪い。反応に困り、話を逸《そ》らした。

「あの……私、桐原さんとはぐれてしまって……」

「兄貴なら、あそこにいるよ。ほら」

翔也さんの示す方を見ると、桐原さんが壮年の男性と歓談していた。彼を見つけられて、ほっとする。

「兄貴の挨拶《あいさつ》はもう一通り終わったみたいだし、俺の話し相手になってくれない」

自分のシャンパンを飲み干し、翔也さんは小さく笑みを浮かべた。女性を魅了《みりょう》するだろうなと思われる容姿だが、どこか安心できないものを感じる。

(兄弟だから顔は確かに桐原さんと少し似てるけど、この人はちょっと軽薄な感じがするなあ)

桐原さんには、恐れられてしまうようなオーラがある。王者の風格とでも言えばいいだろうか。

一方の翔也さんは、あっという間に人の懐《ふところ》に入り込みそうな小悪魔っぽさがある。

(まあ、よく解釈すれば親しみやすいってことなのかな)

私はほどよくお酒が入っていたこともあり、深く考えずに翔也さんからすすめられるままにシャンパンを飲み、おしゃべりに付き合った。


しばらくして、私はふとここに呼ばれた理由を思い出した。桐原さんのパーティー同伴者として来たのに、こんなに長く離れていていいのだろうか。

桐原さんを探して視線をさまよわせると、くらっと目眩《めまい》に襲われた。

「あっ」

「おっと、危ない」

足元がぐらついた私を、隣にいた翔也さんが支えてくれる。

「す、すみません。ありがとうございます」

シャンパンを飲みすぎただろうか。体がふわふわして浮いてしまいそうだ。

（いけない、調子に乗って飲みすぎちゃった）

「私、外で少し酔いを覚ましてきます」

「あ、それなら、いい場所を知ってるよ。連れて行ってあげる」

翔也さんは軽い調子で言い、にこりと微笑んだ。

「いえ、大丈夫です。桐原さんに声をかけてから、一人で行きます……」

「俺も行くよ。このホテルの中だから、言うほどのことじゃないって。それに兄貴は今、商談中で忙しいっぽいよ？」

「あ……」

ぼんやりとした視界に、桐原さんが真剣な顔で誰かと話している姿が映った。

確かに、今は声をかけない方がいいかもしれない。

その時また足がふらついてしまい、翔也さんが支えてくれる。

「すみません……」

「遠慮しないで。ほら俺に掴まって」

私の肩を抱き、翔也さんは会場を出た。私に合わせてくれているのか、足取りはゆっくりだ。

（案外優しい人なのかな）

酔いが回った私は、気づけば翔也さんに隙を見せまくっていた。


翔也さんに案内されたのは、綺麗に整った静かな部屋だった。パーティーの際に桐原家が借りている控《ひか》え室だという。テラスのような風通しのいい場所に行きたいと思っていたから驚いたが、客室はパーティー会場より涼しく、呼吸しやすい。

「静かだし空調もきいてる。ここでゆっくりしたらいいよ」

「はい。ありがとうございます」

（部屋の奥にベッドがあるのが気になるけど、そこまで意識しなくても大丈夫かな）

私は促《うなが》されるままに、部屋の中央にある大きめのソファに腰を下ろす。すると翔也さんはミネラルウォーターを差し出してくれた。

「ほら、水飲んで」

「ありがとうございます」

ありがたく受け取り、一口飲む。アルコールで火照《ほて》った体に、ひんやりとした水は心地よかった。

「おいしい。これなら少しすれば酔いも覚めると思います。一人で戻れますので、翔也さんは先に戻って……」

「それはよかった。じゃあ、改めて二人きりの乾杯もできるね」

私の言葉を遮《さえぎ》るようにそう言った翔也さん。彼はいつのまにかソファ脇のサイドテーブルで、赤ワインをグラスに注《つ》いでいた。

「え？」

(今、酔いを覚ましているのに、赤ワイン!?)

意味がわからずに、私は手を横に振る。

「無理です、私もう飲めませんよ」

「大丈夫。俺が飲ませてあげるから」

翔也さんはそう言うと、私が座るソファに向かってくる。彼の顔からは表情が消え、どこかぞくっとするような冷たさを感じた。

(優しい人かもなんて思ったのは間違いだった！　桐原さんよりこの人の方が、ずっと心の中が見えない。さっきまでの微笑みはなんだったの)

「あ、あの……私、もう戻ります」

慌てててミネラルウォーターをテーブルに置いて立ち上がる。ふらつきながらも部屋のドアへ向かおうとすると、強い力で肩を掴まれた。

「戻るってどこへ？　行くところなんてないでしょ」

「あっ」

肩をトンッと押され、私の体はあっけなくソファに沈んだ。その衝撃で頭がくらくらして、思うように体を動かせない。

（う、動けない……っ）

そんな私を、翔也さんは嬉しそうに見下ろす。そしてクスッと笑うと、手を広げて芝居がかった様子で言う。

「心配しないで、俺が君の体を熱くさせてあげるから……なーんて、女性ってこういう台詞《せりふ》が欲しいんでしょ？」

馬鹿にしたような口調で言い、私との距離を詰めてくる。

（この人、思考回路がおかしい）

「な、何をする気ですか」

「男と女がホテルの部屋で二人きり。ここで何をするか聞くなんて、愚問《ぐもん》じゃない？」

翔也さんはソファの上に膝をのせて、私の肩に指を這《は》わせた。途端、ぞわりとした嫌悪感が体に走る。

（やだ……好きな人以外にこんなことされるなんてっ）

「や、やめてくださいっ」

彼と距離を取ろうと、ソファの上を這《は》うように体を動かした。しかし翔也さんはかまわず迫ってくる。

「そんなによろよろで、どこに逃げられるの？」

「……っ」

「俺、結構上手いよ。満足してもらえると思うけどな」

「な……っ、近寄らないで！」

その時、ミネラルウォーターのペットボトルが指に触れる。私は咄嗟《とっさ》にキャップを開けると、翔也さんに向かってペットボトルを振った。

ばしゃっと水がかかり、翔也さんの表情が険《けわ》しくなる。

「何すんだよ！」

「この部屋から出してください。もう酔いは覚めましたから」

精一杯睨《にら》みを利かせたが、翔也さんはまったく怯《ひる》まない。それどころか、滴《したた》る水を舐《な》めると、不敵な笑みを浮かべた。

「はいそうですかって帰すと思う？　抵抗される方が燃えるし、もっと暴れていいよ」

やめるどころか、翔也さんはソファの上で私を組み敷き、首筋に噛《か》みつくようにキスをする。

「やだ！」

私の体は恐怖で震え上がった。その姿を見て楽しむかのように、翔也さんはサイドテーブルに置いてあったワインの瓶に手を伸ばし、一口飲むと微笑んだ。

「観念した？」

「しませんっ！」

私は思い切り体をひねって、翔也さんから逃れようとする。その拍子に、翔也さんが持っていたワインが私の着ていたワンピースにかかった。ピンクの生地に血のような赤が広がっていく。

「あーあ……これで服も脱がなきゃいけなくなったね？」

「……っ」

久しぶりに涙が出そうなほどの絶望に襲われる。

その時、バンッと大きな音がして、部屋のドアが開け放たれた。

「須藤さん、ここか!?」

見ると、部屋の入り口には息が上がった桐原さんがいた。私は必死に声を上げる。

「桐原さん……っ！」

「兄貴!?　なんでここが……っ」

桐原さんは部屋に駆け込み、怖い顔で翔也さんの腕をひねり上げた。

「お前、何やってるんだ！　早くそこからどけ!!」

「痛《いて》ぇっ！　やめろよ！」

抵抗する翔也さんを、桐原さんは私から強く引き離す。

「須藤さんに何をした!?」

「まだ何もしてねぇよ……てか、手ぇ離せよ」

翔也さんが腕を振り払うと、桐原さんは彼の胸ぐらを掴んだ。今にも殴りかかりそうな勢いの桐原さんを、私は必死で止めにかかる。

「桐原さんっ、やめて！」

翔也さんを庇《かば》うつもりはないが、殴ったりしたら桐原さんの方が痛いだろう。

桐原さんは私の声で一瞬固まり、悔しげに翔也さんから手を離した。

「須藤さんに手を出したら、ただじゃおかない。わかったらさっさと出て行け」

押し殺した声でそう告げる桐原さんを睨《にら》み、翔也さんは意地悪そうに口元を歪《ゆが》める。

「どうかな？　優羽ちゃんは可愛いから、手を出すなっていうのは無理だろ」

「……っ、ふざけんな！」

桐原さんは地を這《は》うような低い声で怒鳴《どな》ると、とうとう翔也さんを殴りつけた。翔也さんは痛みで顔をしかめる。

「……っ痛《いて》ぇ……。兄貴、ずいぶんお怒《いか》りじゃん。鉄仮面《てっかめん》がそんなに感情を出すなんて……その子がそんなに大事なわけ？」

（な、何を聞いてるの!?）

私がぎょっとしていると、桐原さんは私の肩をグッと抱き寄せ、はっきりと言った。

「ああ、大事だ。だから彼女には絶対に手を出すな!!」

（え……？）

桐原さんの顔を見る限り、いい加減に言っている雰囲気じゃない。思わぬことに、私は大混乱だ。

そこで翔也さんはゆっくり立ち上がって、桐原さんを睨《にら》んだ。

「へえ……誰とも続かない兄貴が本気の恋？　こりゃ笑えるね」

「どうとでも言え」

「は……まあ、あんたとはいずれ決着をつけてやる」

翔也さんは濡《ぬ》れた髪を掻き上げ、捨て台詞《ぜりふ》を残して部屋を出て行った。

バタンとドアが閉まり、翔也さんの足音が遠ざかっていく。

（よかった……）

ホッと胸を撫《な》で下ろす。すると桐原さんは私に向き直り、ぎゅっと抱きしめてきた。

「目を離してごめん……怖かっただろ」

（桐原さん……）

　抱きしめられてはじめて、自分が震えていることに気がつく。けれど、彼の温かさが恐怖心を和《やわ》らげてくれた。

「いえ、私が不注意だったんです。桐原さんに断りもなくここまでついてきてしまって……迷惑をかけてごめんなさい」

「いや。俺が悪いんだ。長い時間、君を一人にしてしまった。ごめん……本当に。それに、情けないな……今頃気付くなんて」

　桐原さんは小さく笑うとそっと腕を解き、私から体を離す。

（え……気付くって、何のこと？）

　私が顔を上げると、彼はワインで汚れたワンピースを見て、顔をしかめた。

「濡《ぬ》れてしまったな……冷たいだろ。それにその格好で帰すわけにいかない。しかし、ここにこれ以上いるのは、須藤さんも気持ちがよくないだろう？」

「え？　ええ、まあ……」

「よし、俺のマンションに行こう」

「えっ……でも」

「ここから車ですぐだから。着替えも全部用意する」

　有無を言わせない様子で、彼は私の肩にスーツの上着をかけた。彼の体が大きいからか、ワンピースの汚れはほとんど隠れる。

それを確認すると、桐原さんは私の膝裏と背を支え、抱き上げた。いわゆるお姫様抱っこの体勢になって、私は慌てる。

「えっ、ちょ……！」

「動かないで、落ちるよ」

「……っ」

私は息を呑み、固まった。恥ずかしいけれど、暴れて落ちるのはもっと嫌だ。

すると、桐原さんは「いい子だ」と微笑んで部屋を出る。

こうして、私は思わぬ展開で、彼の住む超高層マンションを訪れることとなった。


ホテルからタクシーで十分弱のところに、桐原さんの住むマンションはあった。とてつもなく豪華なマンションだが、そこに一人で住んでいるらしい。

マンションのロビーに入ると、コンシェルジュらしき女性がお出迎えしてくれた。桐原さんは私をロビーのソファに座らせ、彼女としばし話をする。

話し終えて私の方へ戻ってくると、彼はカードキーを出して、自室は四十階にあると言った。

「よ、よんじゅう……」

桁外《けたはず》れな話に、くらくらしてしまう。

「高速エレベーターだからすぐに着くよ。行こう」

「そ、そうですか……あっ」

驚いている間に腕を引かれ、そのままエレベーターに乗りこむ。

そこで今さらながら、状況に怖気《おじけ》づく。

(どうしよう……まさか桐原さんの部屋に行くことになるとは)

混乱状態がおさまらないまま、エレベーターは無情にも四十階に着いてしまう。私は彼に導かれ、部屋に足を踏み入れた。

「ワインで濡《ぬ》れて、冷たかったろ。シャワーを浴びておいで」

綺麗に片付いたリビングに入ったところで、桐原さんから声をかけられる。

「え……あ、はい」

「着替えはさっきコンシェルジュに頼んでおいたから。一時間ほどで届くと思う。好みに合わないかもしれないけど、とりあえずは我慢して」

まさかそんなことまでしてもらえるとは。びっくりして、縮こまってしまう。

「いえ、とんでもない。わざわざすみませんっ」

鞄《かばん》を手にバスルームに案内してもらい、使い方を教わる。浴室を覗《のぞ》いたら、バスタブは大理石だった。ちょっと入るのをためらってしまうけど、入らないわけにもいかない。

「バスローブを用意しておくから、使って」

「は、はい」

桐原さんは素早くバスローブとタオルを出してくれると、部屋を出て行った。私はやたら広い脱衣所で、ついキョロキョロしてしまう。

（桐原さん、本当にここを一人で使ってるのかな。すごい豪華……ホテルみたい）

「シャワーを浴びたらリビングに来てね。コーヒーを用意しておくよ」

ドアの向こうで声がして、反射的に背筋が伸びる。

「あっ、わかりました！　ありがとうございます」

（うぅ、落ち着かない……。とにかく急いでシャワーを浴びてしまおう）

桐原さんのマンションでシャワーを浴びるなんて、本当に信じられない。でも頬をつねっても痛いから、これは夢じゃない。

気後《きおく》れするほど広い浴室で、上品な香りのボディーシャンプーで体を洗う。ついでにワインが少しかかった部分の髪も洗った。

もちろん、お湯が顔にかからないように細心《さいしん》の注意を払いながら。

浴室から出て、改めて鏡で顔を確認する。お化粧のベースは丁寧に作ったからかあまり落ちていない。少し化粧直しするだけでカバーできそうだったのでホッとする。

用意してもらったバスローブを着て、汗や脂《あぶら》を拭き取ってから、化粧直しをした。

バスルームから廊下に出ると、コーヒーのいい香りが漂《ただよ》っていた。リビングに顔を出すと、ソーサーにカップを置く桐原さんと目が合う。

「あ……シャワー、ありがとうございました」

「ちょうどコーヒーが入ったところだから。ソファに座って」

「はい」

桐原さんはコーヒーの横に水を置いてから、隣に座る。

「残ったお酒も、これで抜けると思うよ」

「はい、ありがとうございます」

まずは水を飲むと、失った水分を得るようにすっと体に入ってきた。心地よくて、ふうと息を吐く。

（はー……頭もすっきりしてきた）

「落ち着いた？」

「はい」

桐原さんは「よかった」とホッとした表情をした。

そこでふと、気になっていたことを思い出す。

（そういえば、桐原さんはさっき私のことが大事だって言ってくれたけど……どういう意味なんだろう。派遣だけど、社員としてってこと？　それとも……）

急にそわそわしてしまう。しかし私が口を開く前に、桐原さんは改まった表情で話しはじめた。

「須藤さん、さっきは弟がとんでもないことを……怖い思いをさせて本当に申し訳なかった」

頭を下げる桐原さんに、慌てて手を振る。

「いえっ、桐原さんに謝っていただくことではありません！　助けていただきましたし、服もお風呂もお世話になりましたし、気にしないでください」

しばらくして彼は顔を上げ、沈んだ表情で口を開いた。

「気分のいい話じゃないと思うけど、弟……翔也のことを話していいかな？　あいつは支店勤務なんだが、本社に顔を出すこともあるから、言っておきたいんだ」

「はい……聞かせてください」

私の言葉を聞いて、彼は一度頷《うなず》いてから話を続けた。

「翔也は結構な野心家でね。大人になってからは特に、兄弟で何かと衝突している。……というより、翔也が俺を敵視して、突っかかってきているという感じかな」

「敵視？」

「俺は次期社長候補として、父親からかなり厳しく教育されてきた。けど、翔也は比較的自由に育てられてきてね。あいつにしてみたら、俺だけ特別扱いされてるように見えたんだろう。そのせいか、何かと嫌がらせをしてくるようになって……」

「そんな……」

「翔也は、俺の同伴者だから須藤さんに手を出そうとしたんだと思う。須藤さんは俺のせいじゃないと言ってくれたが、俺が悪いんだ。本当に申し訳ない」

再び頭を下げる桐原さんを見て、私はひたすら首を横に振る。

「いいえ、もう十分謝っていただきましたから。これ以上は……」

頭を上げた彼は、息を吐くと話を続けた。

「そういうわけで、俺と距離を取る意味もあって、翔也は支店に勤務させているんだ。でもうちの会社に勤めている限り、本社に顔を出すこともちょくちょくある。その時は、須藤さんに会わせないように気をつけるから……」

桐原さんはぎゅっと拳《こぶし》を握り、真剣な表情で私をまっすぐ見つめた。

「今日みたいなことが二度とないよう、俺が君を守る。……いや、守らせてほしい」

「え……」

偽《いつわ》りのない瞳と落ち着いた優しい声に、胸の奥が火をつけられたように熱くなる。

(守る……私を守るって言ってくれた？　いや、期待しちゃダメ。社員としてってことだから)

「き……桐原さんって社員を大事にする方なんですね。派遣社員で、短い間しかいない私にもこんなに……」

「俺はそういう意味で言ったんじゃない」

強い声で言葉を遮《さえぎ》られ、私は驚いて桐原さんを見つめる。すると彼は、今まで見たことのないほど熱い視線で私を見つめ返した。

「須藤さんが好きだから、守りたいんだ」

「……っ」

思わぬ言葉に、意味が理解できない。私は何も言えず呆然とした。

「こんなに頭から離れない女性は、今までいなかった。恥ずかしい話だけど、君の姿を見たい時は出張の日でも、終業時刻に間に合うように急いで本社に帰ったり、君がいる時間を見計らって食堂に顔を出したりもした。君に会いたくてたまらなかったから」

言葉は耳に入ってくるのに、信じられなくて声が出ない。鼓動がばくばくと高鳴る。

「あまり人に興味を持たない俺が、君のことは気になって仕方がないんだ」

「あの……っ、えっと、待ってください……！　私なんか……！」

頭の中では、『須藤さんが好きだ』と言った彼の声がこだましている。

（本当に？　夢じゃない？　だって私……一度振られてるんだよ）

「私……実は」

パニックのあまり、私は思わず過去のトラウマを口走っていた。

「昔、大好きな人に告白して、振られたことがあって」

「うん」

「その人のこと、本当に大好きで。彼のことを王子様みたいだと思ってて……。振られて以来、恋をしていなくて……」

私は何を言いたいのか自分でもわからなくなり、そのまま黙ってしまった。すると、桐原さんは落ち着いた声で言う。

「……だから、恋に臆病《おくびょう》になっているってこと？」

私はこくんと頷《うなず》く。すると桐原さんは、甘やかな笑みを浮かべた。

「だったら……そいつのことを忘れるくらい、俺が君を夢中にさせるよ」

「……っ」

信じられない告白に、私は口をぱくぱくと動かすことしかできない。

「須藤さん、俺の彼女になってくれる？」

確かめるように優しく聞いてくれる声に胸がいっぱいになる。

（優羽、はいって答えるんだよ……ほら早く）

私は自分の心の声に後押しされるように頷《うなず》いた。

「……はい」

信じられない思いを抱きながら、目頭が熱くなる。

（嬉しすぎて、呼吸もできなくなりそう）

「ありがとう……君の一番になれるよう努力するよ」

桐原さんは私の体を引き寄せ、ぎゅっと強く抱きしめた。ホテルで抱きしめてくれた時よりもずっと強く……

（これが夢なら一生覚めないで）

本気でそう思いながら、私は桐原さんの胸の中で久しぶりの涙で頬を濡《ぬ》らした。

桐原さんの告白から数日経った。にもかかわらず、私はまだぼんやりした日々を送っている。仕事が終わり、帰宅した後、ここ数日何度も頭に浮かんだことを考えていた。

（夢みたい……でも本当なんだよね）

スマホに送られてきた彼からのメッセージを何度も読み返しては、桐原さんと付き合っているのだと確認する。あの日以来、毎日メールや電話をしているけれど、桐原さんが忙しくて会えてはいない。

（それでも十分幸せだけど）

大きく変化したことといえば、プライベートの時は敬語をやめたこと。それと互いのことを下の名前で呼ぶようになったことだ。私は彼を『蓮さん』と呼び、彼は『優羽』と呼んでくれている。

（あの先輩から下の名前で呼ばれる日が来るなんて、考えたこともなかった。蓮さんが私の名前を呼ぶ声が、すごく甘くて……）

「あぁ、声が勝手に脳内再生されてしまう！」

部屋で一人身悶《みもだ》えする私は、かなりアブナイ人かもしれない。

（幸せすぎる……人生の運をここで全部使っちゃったんじゃないかな）

仕事中はなんとか自分を抑えていられるものの、仕事が終わるとずっとふわふわしっ放しだ。

（高校時代は顔も名前も覚えてもらえなかったのに、何年も経って恋人になれるなんて……。やっぱりメイクをするようになったおかげなのかな？）

メイクで顔の印象がはっきりして、顔を覚えてもらえたから、彼に近づけたのだろう。天にも昇《のぼ》る心地だけど、彼に高校時代の話をしていないことが気にかかる。

（でも、蓮さんだって知っても困るよね……。言わなくてもいいかな）

私はもう高校時代のことを過去にすると決めたのだ。それに、新しい恋がはじまっている。時を経て、もう一度彼に恋をすることができた。

（よし、今の私は新たに出会った女ってことにしよう）

私は深呼吸すると、カレンダーの今週末に大きく花丸をつける。蓮さんと映画に行く約束をしたのだ。

「最初のデートが映画かぁ。ふふ、鉄板だけど楽しみだな」

意外なことに、蓮さんは今まで映画デートをしたことがないらしい。私とのデートが初めてだと聞き、ちょっぴり嬉しかった。

(前の彼女とは、セレブなデートばっかりしてたのかな)

高校時代、彼はお嬢様な白鳥さんと付き合っていた。

美人な彼女のことを思い出すとへこむが、今、蓮さんは私を選んでくれているのだ。

(蓮さんの隣に立っても恥ずかしくないように、ちゃんと胸を張ろう。顔は変えられないけど、メイクはできるんだし！　自分磨き、がんばろう！)

こうして私は、彼と付き合う前よりも美容に力を入れるようになった。顔のマッサージやスキンケアを丁寧にやるだけでなく、ストレッチもはじめ、週末のデートに備えたのだった。


そして、映画デート当日。

今日は車デートではなく、映画館の最寄駅で待ち合わせをしていた。このあたりでは有名な待ち合わせスポットのある駅だ。

わくわくしながら向かったのだけど、私は駅に着いて失敗を悟《さと》る。駅前は相当な混雑だったからだ。

（私、埋もれちゃってるよー）

背伸びをして彼を探す。背の高い蓮さんを見つけるのは比較的簡単だろうけど、彼が私を見つけるのは大変かもしれない。

（それに、今日はいつもとメイクも服もちょっと違うし……。仕事中ともパーティーの時とも雰囲気が違うから、遠くからだとわからないかも）

デートだからと、会社用のメイクよりも華やかな色合いを使い、盛りすぎない程度につけまつげもつけた。いつもよりプライベート感を出したいと思っていたのだけど、仇《あだ》となったかもしれない。

心配しながらあたりを見回していると、蓮さんが目に入った。彼の方に行こうとしたところで、蓮さんが数人の女性に取り囲まれてしまう。

（なんだろう、あの人たち）

近づいてみると、蓮さんはサインを求められているらしい。モデルと勘違いされているようだ。

「俺、そういう人じゃないから」

蓮さんはそっけなく首を振るが、女性たちは離れていかない。

「えー、モデルじゃないんですか？」

「違うよ」

「じゃあ一緒に写真だけお願いします！」

困ったなぁと視線をさまよわせる蓮さん。そこで私と目が合い、ちょっぴり目を見開くと、口元を緩めた。

(あ、すんなり私を認識してくれた。よかった)

「いや……連れが待ってるんで」

蓮さんは女性を振り切って、私のところに駆けてくる。

「優羽、待たせてごめん。人違いで声をかけられて」

「いえ、大丈夫です。やっぱり蓮さんってすごく目立ちますね」

「そう？」

「うん」

「優羽だって可愛いよ。会社で見るよりずっと」

蓮さんが私の頭を軽く撫《な》でた。するとさっき彼に声をかけていた女性たちが、すごい形相《ぎょうそう》で私を睨《にら》んでくる。

びくっとするものの、悪いことはしていない。それに、撫《な》でてくれる手は温かくて、とても幸せな気分だ。

(やっぱり蓮さんはかっこいいし、なんていうかオーラがあるよね。他を圧倒する風格を持っているというか……)

自分が蓮さんの彼女だということが、まだ信じられない。落ち着かない心地で、蓮さんに声をかける。

「そろそろ上映の時間ですね、映画館に向かいますか？」

「うん。っていうかさ……」

蓮さんは少し照れたように私を見下ろす。

「電話と同じように、敬語はやめてよ」

拗《す》ねたような、恥ずかしそうな表情が、今まで見たことがないほど可愛い。

(気を許してくれたら、こんな表情もするんだ)

「つい会社での癖で、会うと敬語になっちゃうんですよ。でも今日はデートだし、敬語はやめ……るね」

「うん。その方が俺も話しやすいから」

蓮さんはほっとしたように頷《うなず》く。そして私たちは肩を並べて歩き出した。

さっきも思ったけれど、うんざりするほどの人混みだ。背が高くない私は、人波に押されて少し蓮さんから遅れてしまう。

はぐれそうだと慌てて彼を追いかける。

すると、大きな蓮さんの手が私の手をぎゅっと握ってくれて、心臓が飛び出そうなほど驚く。

「結構人が多いから、手を繋《つな》ごう」

「そ、そうだね」

心臓がバクバクのまま、蓮さんの大きくて温かい手に包まれる。それだけで涙腺が緩んだ。

（うわぁ……私、蓮さんと手を繋《つな》いでる！）

涙がこみ上げてきて、こらえることができない。目頭を押さえたら、蓮さんは私の様子に気づき、驚いて足を止める。

「え、泣いてるの？」

「だって……蓮さんと手を繋《つな》いでるんだもの」

（ボールを手渡すのに指が触れただけの片思いの人だったのに。今は恋人として手を繋《つな》いでる……）

蓮さんは困ったように、ポケットからハンカチを取り出して私の頬に当てた。

「えっと、嫌なんじゃないよね？」

「あ、当たり前だよ。嫌だからじゃなくて、嬉しすぎて涙が出ちゃうの」

「そっか……。そんなに思ってもらえてるなんて思わなかったから、びっくりした。俺も優羽とこうして手を繋《つな》げるようになって嬉しいよ」

繋《つな》いでいる手にぎゅっと力をこめ、蓮さんは微笑む。私はそんな彼にまたときめき、幸せを実感するのだった。

蓮さんが選んでくれた映画は、多くの賞を取っている恋愛映画だった。男女がすれ違いながらも愛を育《はぐく》んでいくストーリー。

私はその内容に引き込まれ、クライマックスではあまりの感動に、我慢できずに泣いてしまった。

（どれだけ泣き虫なんだ……って思われてるかも。泣きやまないと……）

そうは思っても、なかなか涙を止められない。エンドロールが流れる中、バッグからハンカチを取り出して、それで目尻を押さえた。

隣の蓮さんをこっそり見上げると、彼は涼しい表情で前を向いている。

泣いていたことに気づかれていないといいなと思いながら、私は涙を拭《ぬぐ》って深呼吸した。

会場が明るくなり、映画館から出たところで、蓮さんが満足げに言った。

「いいストーリーだったね」

「そうだね。主人公につい感情移入しちゃった」

「優羽が泣いているのを見て、俺もつられそうになったよ」

くすっと笑う彼を見て、私はかぁっと顔が熱くなった。

（うわ、やっぱり泣き顔、見られてたんだ）

そこでハッとする。二回も泣いてしまったから、もしかしたら目の周りがパンダみたいになっているかもしれない。

「あの、ちょっとお手洗いに行ってくるね」

私は蓮さんに断り、俯《うつむ》きがちに化粧室に駆け込む。鏡を見ると、思っていたより落ちていなくてほっとした。

さっと化粧直しをして戻ると、蓮さんは優しく微笑んで私の手を握った。

「お腹空《す》いたでしょ。近くにオススメのレストランがあるんだ。そこでいい？」

「あ、うん。ありがとう」

（この前連れて行ってくれたレストランはすごく高級だったよね。今回もそういう感じなのかな）

少し緊張する中、連れて行かれた場所は、高層ビルの最上階にあるスカイレストランだった。

「わぁ……っ」

眺めのいい特等席に座り、私は子どものように歓声を上げる。蓮さんはそんな私を見ながら、嬉しそうに目を細めた。

「夜もいいけど、昼も結構いい眺めなんだ」

「本当だね！」

大人のムードを漂《ただよ》わせる内装の店内に、生のピアノ演奏が流れる。

（蓮さんとの初デート。普通の映画デートだと思ってたけど、超スペシャルだな……）

甘い雰囲気の中、上品なランチをいただきながら、私たちは他愛のない話をして笑い合った。

デザートが出てきた時、蓮さんはふっと照れた表情を浮かべて、外を見る。

「なんだか不思議な気分だ。俺が好きな人と付き合って、デートしてるなんて」

「不思議……？」

「会社の人は、今の俺を見ても誰だかわからないんじゃないかな。それくらい頬が緩んでる気がする」

確かに蓮さんは、今までで一番優しい表情をしていた。会社では、厳しく自分を律しているのだろう。

（私と一緒にいる時に蓮さんが気を張らずにいてくれるなら、光栄だな）

嬉しくて、ついつい彼の顔をじっくり見てしまう。すると蓮さんは困ったように眉根を寄せた。

「優羽……あんまり見られると、視線をどこにやったらいいかわからなくなるんだけど」

「あっ、ごめん」

（いけない、ガン見しちゃった）

　慌てて視線を逸《そ》らし、デザートのアイスクリームを口に入れる。甘いバニラの味が口中に広がった。

「おいしい！　すごく上品な甘さでいくらでも食べられそう」

「優羽って甘いもの好き？」

「うん、大好き。ショートケーキは何個でも食べられちゃうくらい好き」

「子どもみたいだな。そんなに好きなら、俺の分も食べて？」

　自分のアイスを私の方へ寄せ、蓮さんが笑う。押し返してもすぐに戻されて、恥ずかしながら私はデザートを二つ食べた。

「これ食べ終わったら、洋服を見に行こう。優羽に似合うワンピースを買ってあげる」

「えっ、どうして？」

　スプーンを持ったまま驚いて蓮さんを見上げる。

「パーティーの時、君の服を汚しちゃったでしょ」

「あ……あれは……」

　蓮さんには言っていなかったけれど、翔也さんとのことがあったから、あのワンピースは捨ててしまった。

「でもあの日、替えの服をもらったから、これ以上はもらえないよ」

「いや、あれはコンシェルジュが選んだ物で、単なる着替えだったでしょ。優羽が着てきたようなパーティー用のじゃなかったし。今日は俺自身が選んで、プレゼントしたいんだ」

何度か押し問答したが、蓮さんはどうしてもと言って譲《ゆず》らない。その気持ちが嬉しくて、つい頬が緩む。

「ありがとう……嬉しい」

「うん。俺も好きな人にプレゼントできるのは嬉しいよ」

蓮さんは微笑みながら私の髪をそっと撫《な》でてくれた。この甘やかな感触には、何度だって体が痺《しび》れてしまう。

(優しいな……。恋人の蓮さんは、会社で見る『桐原さん』とは別人みたいだ)

「今までこんなにベタベタに甘い気持ちになることはなかったから、これからが困るな」

蓮さんは私を見つめながら、戸惑った様子で呟《つぶや》いた。

「これからが困る……って?」

「会社では仕事モードだし、今後もほとんど変わらないと思う。それだと優羽は混乱するかな」

蓮さんのうかがうような言葉に、私はふるふると首を横に振る。

「今まで通りでいいよ。私もその方がお仕事に集中できるし」

「よかった……ありがとう」

「うん。大丈夫」

彼は優しい表情で、私の指をそっと握った。

「二人きりの時は優羽が困るほど甘やかすから。安心して」

「……っ」

(困るほど甘やかすってどんな?)

蓮さんは、一緒にいるにつれてどんどん優しく甘くなる。そのせいで、私の鼓動はうるさいほど高鳴った。


その後、お店を出てから、蓮さんは私を有名なブランドのお店に連れて行った。気安いお店の服がいいと抵抗する私にかまわず、彼はいいものは長く使えるからと言ってドアを開けてしまう。

(こんな高級店、足を踏み入れたことないよー……)

「いらっしゃいませ。どのようなものをお求めですか?」

女性店員さんが私と蓮さんの顔を交互に見ながら聞いてくる。

「え、ええと」

「俺に選ばせてほしいんだ。フィッティングルームを借りる時に、声をかけさせてもらう」

「かしこまりました。素敵な彼氏さんですね」

店員さんは私に微笑むと、そのまま静かに店の奥に下がった。

蓮さんは店内を歩きながら、気になったものを手に取っては私に当てていく。

「これと……これと、これも似合うね」

「え、待って。ワンピースだけでいいよ」

靴やバッグも手にする蓮さんを見て、慌てて止める。でも彼は首を振った。

「せっかくだから、一式揃えよう。俺は王子様なんて柄《がら》じゃないけど、優羽は俺にとってお姫様だからね」

「……っ」

私が過去に振られた人を王子様だと思っていたという話を覚えていたみたいだ。

（蓮さんのことなのに……、どうしよう、今さら言えない）

申し訳ない気持ちもあるが、正直今の蓮さんの気持ちが嬉しい。私は照れながらも、彼について回った。

蓮さんがコーディネートしてくれたのは、すごく質のいい淡いブルーのワンピースに白いバッグ。それにスパンコールのパンプスだった。

「綺麗」

「優羽に似合うと思うんだ。これ、着てみて」

「う、うん」

店員さんに声をかけ、私は選んでもらったワンピースを手にフィッティングルームに入った。服のサイズはぴったりだが、背中のジッパーをどうしても上げられない。

そこでカーテンの向こうから、蓮さんが声をかけてくる。

「優羽、そろそろ着替え終わった？」

「う、うん、まあ。でも……」

「どれ、どんな感じか見せて」

「あ、だめ！　まだ背中がっ」

言い終わる前に、蓮さんがちらっとカーテンの中を覗《のぞ》いてしまった。みっともない姿を見られ、固まってしまう。

「ああ、ジッパーを上げられない？」

「うん……」

「ちょっと貸して」

蓮さんはフィッティングルームに入ると、後ろからすっと腰を支えてくれた。手の感触が伝わってきて、頬がカッと熱くなる。

（や、やだ……変な感じ）

「優羽って背中も綺麗だね」

キャミソールの上から蓮さんの指が触れ、私はびっくりして振り返った。

「蓮さん、何を……」

「ごめん。ちょっと優羽に触れたくなった」

ふっと困ったように微笑んで、彼はすっとジッパーを上げてくれた。そのまま離れた蓮さんに、ほっとする。

ドキドキしながらフィッティングルームを出ると、店員さんが近づいてくる。

「あら、すごくお似合いですね！」

「ありがとうございます」

確かに、色もデザインも私に合っていた。蓮さんはためらいなくそれら一式を購入する。

「いいの？　こんな高いもの……」

「優羽だからプレゼントしたいんだ。お姫様はそんなこと気にしないで。すごく似合ってるから、俺と出かける時に着てほしいな」

（お姫様って……！　さっきもだけど、さらっと言われると照れちゃうよ）

「も、もちろん。そうさせてもらうね」

蓮さんは私の頬を軽く撫《な》でて、優しく微笑んだ。

「優羽を振った男はちゃんと君を見てなかったんだな。優羽は魅力的《みりょくてき》だよ……自信持って」

「……蓮さん」

愛情をたっぷり伝えてくれる蓮さんに、胸がじんと熱くなる。

蓮さんが少し離れている隙に、店員さんは品物を包みながら、私にだけ聞こえるように言う。

「愛されていらっしゃるんですね」

「っ、そうでしょうか」

「ええ。素敵な恋人をお持ちで羨《うらや》ましいです。お客様もとても華やかでいらっしゃるので、お似合いのカップルだなぁと思っていたんですよ。ぜひ、また当店をご利用くださいね」

「は、はい」

(私たち、ちゃんと恋人同士に見えるんだ……。すごく嬉しい。それに私、蓮さんの隣に立って恥ずかしくない姿でいられているってことかな)

じわじわと幸せを噛《か》みしめていると、店員さんは包み終えた品物を差し出してくれる。

蓮さんがそれを受け取り、一緒に店から出た。

「蓮さん、ありがとう」

「喜んでもらえたならよかった」

彼は優しく目を細めると、荷物を持っていない方の手で私の手を握る。

(ああ……生きててよかった。神様ありがとう)

その後、蓮さんは私をアパートまで送ってくれた。着くまで手を繋《つな》いでいて、私はその温もりにずっと感動していた。


こうして交際は順調に始まったのだけれど、宣言通り、蓮さんは会社では鉄仮面《てっかめん》だ。私と会っても、以前と変わらず塩対応。誰も私たちがプライベートの時間に会ってるなんて想像もしないだろう。

(でもこれでいいんだよね)

会社での蓮さんは副社長で、仕事に厳しく無表情だから、気安く話しかけられるような人ではない。

本当は表情豊かで、可愛い一面もある優しい人なのだけど……それは私だけに見せてくれる特別な素顔だ。

(そう思うとついにやけちゃうから、気をつけないと)

顔を引き締めて、私は黙々と仕事をこなしていく。

普段通りにしているつもりだったけれど、鋭《するど》い雅を誤魔化すことはできなかった。

付き合い始めてから二週間が過ぎた頃、社員食堂で昼食を食べているところで彼女は意味深な笑みを浮かべて言った。

「優羽、最近何かいいことあったでしょ？」

「っ、ど、どうして⁉」

思わず手を止め、どもってしまう。

「勘かな。優羽のまとうオーラが何となくピンク色みたいな感じがしてさ」

雅の様子を見る限り、誤魔化せないようだ。そこで、蓮さんだとは言わずに、彼氏ができたことを告白した。すると雅は顔を輝かせる。

「本当⁉　よかったね、どんな人なの？」

「ええと、一見無愛想だけど優しい人……かな」

「へえ。優羽って愛想がない人が好きだよね」

雅はそう言いながら視線を蓮さんの方に向ける。彼は私には見向きもしないで、定食を食べている。

「ふ、副社長のことは関係ないでしょ」

「まあね。でも優羽が副社長とパーティーに出たっていう噂が気になってさー」

にんまりと微笑みながら雅は探《さぐ》るように見てくる。

「あ……ああ、もうずいぶん前のことじゃない」

パーティーに一緒に行ったことは伏せていたのだけど、どこからか話が漏れたらしい。

私は否定せずに、半年で契約の切れる自分が同伴者として都合がよかったからだと答える。

すると雅は納得したように頷《うなず》いた。

「なるほど……社外に頼めそうな相手がいなかったのかな？　でも確かに、社員に頼むのは面倒そうだね」

「そうでしょ。半年でいなくなる私が便利だったっていうだけだよ」

本当はそれをきっかけに付き合うようになったんだけれど、私がここに勤めている間は、内緒にしておいた方がいいだろう。

（蓮さんとすり合わせたわけじゃないけど、彼もそう思ってるはず）

顔を上げると食事が終わったらしく、蓮さんの姿は食堂のどこにもなかった。

見るだけで十分幸せを感じられる私としては、やはり彼の姿が見えなくなるのは寂しい。

でも、次に会える週末を思い、気持ちを切り替えて食事を続けた。

その日の午後、仕事に没頭していると、突然聞き覚えのある声に名前を呼ばれた。

「見つけた。優羽ちゃん」

「え？」

振り返ると、そこには蓮さんの弟、翔也さんがいた。まるで先日のパーティーであったことなど忘れたような笑顔で、手を振っている。

「営業部で働いてたんだね」

「あ……はい」

警戒心バリバリの態度で彼を見ていると、翔也さんは怪訝《けげん》な表情になった。

「なんか冷たくない？」

「そうですか？」

（私に何をしようとしたか、この人もう忘れちゃってるの？）

図々しいくらいに距離を縮めてくる翔也さんに対して、私は警戒心を露《あら》わにする。危機感しかない。

無視しようとパソコンに向き直る。

「へえ、入力、速いんだ」

背後から机を覗《のぞ》き込まれ、思わず背中を丸めた。

「あの……何か御用でしょうか」

「え？　ああ、別に何もないけど、優羽ちゃんが働いてる姿を見てみたかったんだ」

にこりと天使のような笑みを浮かべ、翔也さんはそう言った。優しく柔らかく見える印象が、彼の本性を知る私にとってはうすら寒い。

（この笑顔で何人の女性を騙《だま》してきたんだろう）

そんなことを考える私をよそに、周囲はざわざわしはじめる。私は翔也さんとの関係を疑われないように、わざと距離のある言葉を選ぶ。

「お忙しいところわざわざすみません。急ぎの仕事があるので、もういいでしょうか」

すると翔也さんはクスッと笑って、さらに顔を近づけてくる。

「ふっ、やっぱここじゃそういう態度を取るしかないよね」

（ご、誤解されるような言い方をするのはやめて！　それに顔が近い!!）

先日のことを思い出し、気持ちが悪くなる。心の声は口に出さずにこらえ、私はパソコンに向かった。

「なーんだ。つまんないなー……」

翔也さんは私にそれ以上会話する意思がないと悟《さと》ったのか、肩をすくめてようやく離れた。そこで、思いもかけない言葉が彼の口から飛び出す。

「俺、冷たい態度とられると余計燃えるタイプなんだ。優羽ちゃんって俺のツボだよ」

（この人……根っからのナンパ師なんだな）

どうしようかと困っていると、厳しい顔の蓮さんが姿を現した。

「翔也！　何してるんだ！　会議はここじゃない、早く第二会議室に来い」

（蓮さん……っ）

「あーはいはい。会議なんてビデオ通話で十分なのにな」

面倒な様子を隠さず、翔也さんは廊下の方へ歩いていく。どうやら今日は合同会議があり、翔也さんはそのために来たみたいだ。

蓮さんは私の席まで来て、小さく頭を下げる。

「迷惑かけたね。気にしないで仕事を続けて」

「は、はい」

「じゃーね、優羽ちゃん。また」

翔也さんはひらりと手を振ると、蓮さんに連れられて営業部を出て行った。

（はあー……どうなるかと思った）

翔也さんが去り、私はほっとしてデスクに向き直る。すると雅からすぐにメールが届く。

『優羽、いつの間にスイート王子と知り合いになったの？』

（ス、スイート王子？）

翔也さんはどうやらその甘いルックスから、スイート王子と呼ばれているようだ。

『先日のパーティーでちょっと話しただけだよ』

まさか襲われそうになったなんて口が裂けても言えない。

雅は少し疑いの眼差《まなざ》しを向けながら、『王子は誰でもああやって口説《くど》くから、気をつけた方がいいよ』と私にアドバイスをし、仕事に戻った。

(『スイート王子』ねぇ……。あの人の本性を知ったら、誰も『王子』なんて呼べなくなると思うけど)

ムカムカと翔也さんを腹立たしく思っていると、今度は蓮さんからメールが入った。

『仕事が終わったら、副社長室に来て』

翔也さんに会ってしまった私を心配してくれているのだろうか。

(心配しなくても大丈夫なんだけど。気にかけてくれるのは嬉しいな)

『わかりました。終業後すぐに行きます』

返信しながら、思わぬ展開に喜んでしまう。嫌なことがあったけど、蓮さんに会えるならそれもよかったと思う、現金な私だった。

数時間後、無事今日の仕事を終えた私は、人目を盗んで副社長室を訪れる。

小さくノックして中に入ると、すぐに蓮さんが私を抱きしめてきた。

「あ、あのっ」

（蓮さん、ここ会社だよ？）

蓮さんの腕の中で目を白黒させていると、彼はゆっくりと私を解放する。

「翔也にまた嫌なことされたんじゃないかって、気になって」

「ううん、翔也さんには何もされてない。周りに営業部の人もいたから平気だよ？」

「そっか……」

私の笑顔を見て、蓮さんはようやく安心したように息を吐いた。

「……ああ、公私混同しないって決めてたのにな」

「私……蓮さんに迷惑かけてる？」

「そうじゃない。自分をコントロールできないのは俺の問題であって、優羽は何も悪くない」

つらそうな表情で、蓮さんは私の頬を撫《な》でながら優しく言ってくれる。

「俺が優羽を好きになりすぎているのかも」

「え……」

そんなことあるはずない。私が蓮さんを好きなのはずっと昔からで、私の方が彼のことを好きだ。それに今は昔よりもっと好きになっている。

私以上に蓮さんが私を好き……なんてあるはずない。

「……もう時間か」

腕時計を見つめ、蓮さんは残念そうに呟《つぶや》く。

「ゆっくり話していたいけど、またすぐに会議があるんだ。呼び出したのは俺なのに、ごめん」

「ううん、大丈夫だよ。会えて嬉しかった」

にこりと笑ってみせると、蓮さんは困ったように私の頭上に手をついた。

「優羽……」

蓮さんの顔がゆっくりと近づいてくる。

「好きだよ」

そう小さく呟《つぶや》いた後、蓮さんの唇が私のそれに重なった。

「……んっ」

声が漏れると同時に、ぎゅっと強く抱きしめられる。温かい手で頬を撫《な》でられ、体がびくんと熱く痺《しび》れた。

蓮さんの熱い舌でぴちゃっと唇を舐《な》められる。彼の舌が引き結んでいた私の唇を割り、中に入ってきた。

「あ……っ、ふぅ……んんっ」

さらに舌は奥まで侵入し、私の舌に絡みつく。くちゅくちゅと深く口内を乱され、頭の中が真っ白になる。

「ふ……っ、んっ……！　蓮さ……ん……っ、はぁ……」

舌が熱く擦《こす》れ合い、体がぞわぞわと粟立《あわだ》った。あまりの刺激に全身から力が抜けていってしまう。

次第に心音がドクドクと速くなり、呼吸するのもやっとだ。

（も、もう……限界）

そう思った瞬間、蓮さんは唇を離す。足の力が抜けた私は、そのまま床にぺたりと座り込んでしまった。

「優羽……っ」

「ご、ごめんね……私、初めてで」

蓮さんは慌てて私を抱きしめ直すと、優しい声で囁《ささや》いた。

「俺こそごめん……。優羽があんまり可愛いから、我慢できなかった」

「ん、大丈夫。嬉しかったよ……蓮さん」

「……優羽」

私の名を呼び、蓮さんは私が歩けるようになるまで、抱きしめてくれた。

（キスだけで腰を抜かしちゃって……蓮さんを驚かせちゃったな）

でも蓮さんが本当に私を好きになってくれたのだと実感できて、私はアパートに戻ってからも初キスの幸せをじんわりと味わった。

次の日。蓮さんは出張に行っていて、社員食堂でも顔を見ることができなかった。携帯でのメール交換は、いつものように挨拶《あいさつ》を交わすだけだ。

キスの余韻《よいん》をまだひきずっていた私は、少しホッとする。

（どんな顔をしていいかわからないし、今日会えないのはちょうどいいのかな）

仕事を終えてアパートに戻ると、スマホが鳴った。画面を見ると、蓮さんの名前が表示されている。

（えっ、この時間に電話なんて珍しい）

ドキドキしながら通話ボタンを押した。

「もしもし」

『あ、俺だけど。今、大丈夫？』

「うん。アパートに帰ってきたところだよ」

バッグをソファに置いて、その場に立ったままスマホを握りしめる。

『実は出張から帰る途中、洋菓子屋の前を通ったら優羽が好きそうなケーキがあって、思わず買っちゃったんだけど……今からそっちに行っていい？』

「あ、うん！　もちろんだよ」

『よかった。じゃあ三十分くらいで行く』

弾《はず》んだ声でそう言うと、電話は切れた。私は嬉しい一方、慌ててしまう。

(部屋が片付いてない! 汚い部屋に蓮さんを通すわけにいかないよ……急いで掃除しなきゃ)

「急げ急げ」

干していた洗濯物や出しっぱなしの本を片付け、掃除機をかけた。最後は鏡をチェックし、メイク直しをする。

メイク直しが終わったところで、玄関のチャイムが鳴った。インターホンで相手を確かめ、呼吸を整えてからゆっくりと玄関のドアを開ける。

「蓮さん、出張お疲れ様。疲れているのに、ありがとう」

「そうでもないよ。それより俺の方がごめん、急に部屋に押しかけて」

私にケーキの箱を差し出す蓮さんは少し照れているようで、思わず頬が緩む。

「私も蓮さんに会えてすごく嬉しい。上がって? 今、コーヒーを淹《い》れるね」

「うん。ありがとう」

蓮さんは遠慮がちに私の部屋に入ってくる。彼を部屋の中に招くのは初めてで、かなりドキドキだ。

(一応ちゃんと片付いたよね……がっかりされませんように)

「ソファに座っててね。コーヒーは濃いめがいい?」

「夜だから薄めがいいかな。ありがとう」

「どういたしまして」

コーヒーメーカーをセットしてから、蓮さんにもらった箱を覗《のぞ》く。中には丸いショートケーキが二個入っていた。

「このケーキって、有名な洋菓子屋さんのだよね。雑誌に載ってたのを見たよ」

「そうなの？　それは知らなかった。そういえば店に行列ができてたな」

(私のために行列に並んでくれたんだ……すごく嬉しいな)

彼の気持ちが嬉しくて、胸がほっこり温かくなる。

「ありがとう。私がショートケーキ好きなことを覚えていてくれたんだね」

「うん。最近、ケーキを見ると優羽を思い出すようになっちゃって」

一緒にいない時でも、蓮さんが私のことを考えてくれた。それだけですごく特別な存在になれた気がして嬉しい。

コーヒーメーカーがコポコポと音を立てる中、私はケーキを皿に載せてテーブルに出した。

「ありがとう」

「コーヒーができるまであと少しかかるから、先に食べようか」

「そうだね」

（蓮さんはそんなに甘いもの好きそうじゃないのに。私に合わせてくれてるのかな）

蓮さんは丁寧にフィルムを剥《は》がし、ケーキを一口食べる。その姿を思わずじっと眺めていたら、彼はふっとこちらに視線を向けた。

「優羽は食べないの？」

「あ、ううん。いただきます」

私が首を横に振ると、蓮さんは自分のケーキをフォークで少し取り、私の方へ差し出した。

「甘すぎなくてすごくおいしいよ」

「え……」

（これって、食べさせてくれるってこと？）

「口開けて」

「は、恥ずかしいよ」

「俺しかいないのに？」

蓮さんは私が口を開けるまで待つつもりのようだ。

（ううっ、恥ずかしいけど……）

「そ、それじゃ……」

おずおずと口を開けると、蓮さんがケーキを口に入れてくれた。口の中で、クリームとスポンジがとろりと溶ける。

「おいしい！　スポンジから違うね」

「そんな嬉しそうな顔されると、もっと喜ばせたくなるな」

彼はクスッと笑いながら、私の口元についたクリームを指で拭《ぬぐ》った。

「あ、ありがとう。私、コーヒーを取ってくるね」

「うん」

コーヒーが入ったマグカップを持って、蓮さんのところへ戻る。照れたムードの中、湯気を立てるコーヒーをすすった。コーヒーとの相性もばっちりで、とてもおいしい。

「幸せだな。ケーキがあって、コーヒーがあって……蓮さんがいてくれて」

思わず呟《つぶや》くと、蓮さんが驚いたように私を見る。

「俺といて幸せ？」

「もちろんだよ。ていうか、ケーキとコーヒーがなくても、蓮さんがいてくれれば幸せ」

本音を打ち明けると、蓮さんは急に視線を逸《そ》らし、戸惑った表情をした。

「蓮さん、どうしたの」

（私、変なこと言ったかな）

「ごめん、俺、もう帰るよ」

「えっ」

（今来たばかりなのに、もう帰っちゃうの？）

私は咄嗟《とっさ》に蓮さんのスーツの裾を掴んでいた。

「どうして急に？　もっとゆっくりしていってよ」

彼は私の前にしゃがむと、目を細めた。

「このままだと俺、優羽を襲ってしまいそうだから」

「えっ？」

いつもは冷静な蓮さんの瞳が揺れている。そこには欲望を必死で隠そうとする、焦りに似たものがうかがえた。

「でも……蓮さんは私が嫌がるようなことはしないでしょ」

「しない――と言いたいところだけど、優羽が可愛いから、我慢しきれる自信がない」

「……蓮さん」

驚いたけど、嫌なわけじゃない。どうしていいかわからないだけだ。

「えっと……私は、確かに初めてなことばっかりだから、怖いのは事実だけど……。キスも嬉しかったし……それ以上だってきっと」

「優羽。言葉の意味、ちゃんと理解して言ってる？」

「えっ」

蓮さんは私の顎《あご》に指をかけると、勢いよく唇を重ねた。

食らいつくようなキスに、驚いて身を引く。それでも蓮さんは私の後頭部を大きな手で支えて、何度もキスを重ねてくる。

「ん……っ、ふ……んんっ」

（昨日より……激しい）

唇で押し広げられた口内に舌が滑《すべ》り込み、うねるように絡《から》められた。

「んん……っふぁ……んっ」

呼吸は熱い吐息となって交じり合ってゆく。

「ふ……っ、はぁ……」

（頭がぼうっとする……）

激しいキスの後、蓮さんはやっと腕の力を緩めてくれた。

「こんなものじゃないよ。俺が今、優羽を求めてる気持ちは、もっと強いし……制御できない」

「もっと……」

ぼんやりしている私を見て、蓮さんは妖艶《ようえん》な笑みを浮かべる。

「それでもいいって言うなら、遠慮しないけど」

「え……あっ」

蓮さんの長い指が私の頬に触れ、それだけで体に電気のようなものが走る。決して嫌な感じではなく、もどかしい。

その感覚に戸惑っている間にも、蓮さんは私の頬から首筋に指を下ろし、そのままブラウスのボタンを外しはじめた。一つずつボタンが外されるたびに、心臓がドクンと脈打つ。

「やっぱり綺麗な肌だな、優羽。試着の時は背中だけだったけど、今は、全部見たい」

抵抗できないまま、ブラウスを脱がされた。キャミソール姿になり、恥ずかしくて体を隠そうとするものの、蓮さんはその手を掴んで阻止する。

そして露《あら》わになった私の胸の谷間へと優しくキスを落とした。

「あ……っ」

思わず声を漏らしてしまう。

「優羽……そんな甘い声を聞いたら、煽《あお》られるんだけど」

「え……あっ」

キャミソールもブラも肩紐《ひも》を外され、とうとう上半身を裸にされてしまった。

「可愛いな、先端がもうこんなにコリコリ」

「やぁっ……」

胸の頂《いただき》をつんっと弾《はじ》かれただけで、私の体が跳ねる。

（な、何……この感覚。私の体、どうなっちゃってるの）

「そういう反応されると、もっといじめたくなる」

「そんな、私そういうつもりは……やっ、あっ」

「誘う優羽が悪いんだよ」

　蓮さんは私の胸を含むようにくわえると、舌先で頂《いただき》をころころと転がした。体中を痺《しび》れさせる甘い感覚に耐えきれず、大きな声を上げてしまう。

「あぁ……っ、蓮さん……っ！　やあぁ……っ」

「優羽の感じてる声……すごくいいよ……」

「ん……ふ……っ」

　恥ずかしくて自分の口を押さえる。羞恥《しゅうち》と快感の間で混乱して、どうしていいかわからない。

　とにかく声をこらえていると、蓮さんの指がショーツの上から私の秘所をなぞった。

「やぁ……っ」

（そ、そんな恥ずかしいとこ……っ）

　体がビクリと大きく跳ね、体中に感じたことのない痺《しび》れが走る。

「……優羽？」

　動きを止めた蓮さんが私の顔を覗《のぞ》きこむ。自分が今どんな顔をしているのか想像がつかないけれど、きっと余裕のある表情はしていない。

「あ……私……」

(これ以上は、今はまだ怖い……)

そう思った瞬間、蓮さんは私の体を優しく抱きしめてくれる。そして大きく息を吐いた。

「今日は、ここまでにしよう」

(あ……私の気持ち、気づいてくれたんだ)

いざという時は、私のことを一番に考えてくれるのがわかって、その優しさに、胸がきゅんと締めつけられる。

蓮さんは腕にぎゅっと強く力を込めてから体を離し、乱れた私の服を優しく整えてくれた。肌が隠れたところで、私はやっと事態を把握する。

「ごめんね……」

「謝らないで。今日は優羽の顔を見たかっただけなのに、我慢できなくて、急に迫った俺が悪い。……怖がらせてごめん」

「ううん」

「……昨日から俺、どうかしてる」

私の髪を優しく撫《な》でながら、蓮さんは苦笑した。

「きっと、変な焦りがあるからなんだろうな」

「焦り？」

「翔也が優羽にちょっかいを出すのが嫌なのはもちろんだけど……優羽の魅力《みりょく》に気付く人が他にもいたらと思うと、焦りが止まらないんだ」

そう言った蓮さんは、今まで見たことがないほど苦しそうだ。

（そんな心配いらないよ。私はモテないんだから……）

「……私には蓮さんだけだよ？」

こんなに私を強く思ってくれるなんて、嬉しすぎて倒れてしまいそうだ。でも、どうしてそこまで思ってくれているんだろう。

「優羽のことは大切にしたい。でも、すぐにでも自分のものにしてしまいたいっていう衝動もあって……。こんな気持ちになるのは初めてだから、俺もちょっと戸惑ってるんだ」

（初めて……？　本当に？）

蓮さんがこんなふうに思う相手が、私が初めてだなんて、信じられない。けれど、その言葉は素直に嬉しかった。

私は彼の手を強く握って自分の思いを伝えた。

「……蓮さん。さっきは心の準備ができてなかったけど……わ、私も、蓮さんのことが大切なの。れ、蓮さんのものにしてほしい」

するると、蓮さんは私の手を引いて、再び自分の腕の中に抱き入れた。

「れ……蓮さん」

蓮さんの香りが鼻孔《びこう》をくすぐる。

「ありがとう、優羽。その気持ちに応《こた》えられるよう、君をもっと大事にする」

彼の腕の中は温かくて心地よくて、この人にならすべてを捧《ささ》げてもいいと心から思えた。

長い間思ってきたものが溢《あふ》れそうで、胸がいっぱいになる。目には涙がにじみ、慌てて瞬《まばた》きした。

蓮さんはふっと微笑んで私の頭を撫《な》でる。

「優羽の誕生日って七月十四日だったよね」

およそ二週間後の七月十四日は、私の二十七歳の誕生日だ。

「うん。そうだけど……」

どうして急に誕生日の話をと不思議に思っていると、蓮さんは真剣な眼差《まなざ》しで私を見つめた。

「その日まで、優羽を抱くのは我慢する。誕生日が最高の思い出になるようにするから。……俺が優羽を幸せにするよ。もう男のことで悲しませたりしない」

（あ……）

もしかして蓮さんは、私が過去の失恋で恋愛ができなくなったと言ったのを、気にしているのかもしれない。真実をちゃんと伝えきれなかったことを後悔したけれど、今さらその相手が蓮さんだとは言いづらい。

「ありがとう……蓮さん」

蓮さんは今、私をこんなに思ってくれている。その幸せに胸を詰まらせながら、私は彼の腕の中でそっと涙を拭《ぬぐ》った。

「七月十四日は……金曜日か」

片手でスマホのスケジュールアプリを見ながら、彼が呟《つぶや》く。次の日は土曜日で休みだから、次の日にしようと言おうとした時、蓮さんは私を見てにこりと笑った。

「この日は夜からスケジュールを空《あ》けておくようにする。だから優羽もそのつもりでいてね」

「え、いいの？」

忙しい蓮さんが、金曜日とはいえ平日の夜に簡単に時間を取れるとは思えないのに。

「いいに決まってる。副社長にだって譲《ゆず》れないプライベートくらいあっていいでしょ」

「う、うん。ありがとう」

仕事最優先で生きてきたらしき蓮さんがそこまでしてくれるというのは、すごいことだ。

「楽しみにしてるね」

（こんなに楽しみな誕生日が来るなんて、今まで考えたことなかった）

「俺も楽しみにしてるよ、優羽のすべてを抱きしめるのを」

そう言って私の頬にキスした蓮さんは、余裕のあるいつもの彼だった。そして立ち上がった彼を見送りに行く。

「おやすみなさい。気をつけて帰ってね、蓮さん」

「うん」

玄関先で、名残惜《なごりお》しむようにもう一度唇を重ねる。

「おやすみ、優羽」

誕生日を特別な日にすると改めて口にし、蓮さんは軽く私の髪を撫《な》でてドアの向こうに消えた。

（誕生日まであと二週間……か。短いような、長いような）

その後、部屋に戻ると、まだケーキが一つテーブルに残っている。食べてしまうのがもったいなくて、私はスマホで角度を変えて何枚も写真を撮ってから、ケーキに丁寧にラップをかけた。

今日の甘いやりとりを明日も思い出せるように。

それから、私はそわそわと落ち着かない日々を過ごした。時間が過ぎるのが遅すぎるようにも感じた。ふわふわした心地のまま、あと一週間となった日、新しい下着を買いに行くことにする。

（あんまり派手な下着だと、気合いが入ってるみたいで恥ずかしいし。ここは清潔な雰囲気重視でいこう）

悩んだ末に、白の下着を買う。その袋を手に、今度はコスメコーナーへ。

（まだどこに行くか聞いてないけど、どこに行っても恥ずかしくないメイクをしておかなくては）

いろいろ試して、長時間脂《あぶら》浮きしないという話題のファンデーションを購入した。夜も完全にすっぴんになる気はなくて、薄いメイクをするつもりだ。

（蓮さんはすっぴんを見てがっかりしたから振るようなことはしないと思うけど、まだ心の準備が……ね）

（なにより、蓮さんにはベストな状態の私を見てもらいたいし）

寝ながら集中美白という売り文句の化粧水にも手が伸びた。

後悔のない買い物をした私は、持ちきれないほどの紙袋を抱えて、アパートへ戻った。

そしてとうとう私の誕生日、七月十四日がやって来た。

定時で仕事を終えた私は、一度アパートに戻る。蓮さんは七時くらいに、アパートまで迎えに来てくれるという。

（それまでに今日の疲れは全部リセットしておかなくちゃ！）

シャワーを浴びて全身をぴかぴかに磨き上げる。そして新しい下着をつけ、蓮さんに買ってもらったブルーのワンピースを着た。ジッパーは苦戦しながらもなんとか自分で上げる。

髪はきちんと乾かしてからヘアアイロンで巻いて、ふわふわに仕上げた。

そして最後はメイクだ。丁寧に綺麗にと心がけ、崩れにくいメイクを施《ほどこ》す。

真剣に準備している間に、気づけばもう七時になっていた。

「あ、そろそろ蓮さんが来る時間！」

慌ててメイクセットをポーチに収め、立ち上がると同時に玄関のチャイムが鳴った。

スタンドミラーで身だしなみを最終チェックし、急いでドアを開く。すると、真っ赤な薔薇《ばら》の花が目に飛び込んできた。

「えっ」

「誕生日おめでとう、優羽」

大きな花束の陰から、蓮さんがひょっこり顔を覗《のぞ》かせる。私は驚きと戸惑いで固まってしまう。

「花屋でこれ注文するの、結構勇気が要るね」

「わざわざ花屋さんで買ってきてくれたの？　こんなたくさん……」

「優羽へのプレゼントだから、自分で買いたくて」

かすかに照れた彼の表情が、私の胸を甘く締めつける。

「ありがとう、蓮さん」

（まさかいきなりこんな嬉しいプレゼントをしてくれるなんて……）

感動で目に涙が浮かんでくる。もう少しでこぼれ落ちそうになり、指先で押さえる。

そんな私を見て、蓮さんは嬉しそうに目を細めて、そっと私の背中に手を当てた。

「準備ができてるなら、出かけようか」

「うん。あ、ちょっと待って。花束をお水につけてくるね」

私は急いで花束を花瓶に活《い》けて、「お待たせ」と玄関に戻る。すると蓮さんは微笑んだ。

「そのワンピース、着てくれたんだね。やっぱり似合ってるよ」

私の腰に手を回し、蓮さんは耳元で優しく囁《ささや》く。

「あ、ありがとう」

（蓮さん、今日はいつもよりさらに艶《つや》っぽい気がする）

私はパーティーの日よりもっと近い距離でエスコートしてもらい、蓮さんの車の助手席に乗り込んだ。クッションに包まれているみたいな乗り心地で、まるで雲の上にでもいるような気分になる。

（はあ……幸せすぎて呼吸ができないくらいだよ）

蓮さんが聞いたら大袈裟《おおげさ》だと笑いそうなことを考えながら、胸を熱くした。

蓮さんに連れられて来たのは、とある高級ホテルの最上階。しかもスイートルームだ。信じられないほど豪華な部屋に、私はしばし呆然と立ち尽くしてしまった。

（こんな部屋が日本にあったんだ）

選《よ》りすぐられた調度品といい、寝室、リビング、キッチン……生活に必要なもののすべてが完璧な形で揃っていることにも驚く。

「後で最高のディナーが届くから、楽しみにしてて。きっと喜んでもらえると思うよ」

そう言って微笑む蓮さんは、副社長の仮面を取った恋人の彼だ。

「蓮さん……っ」

私は感極まって彼に抱きついた。

「優羽？」

「ありがとう！　嬉しい……っ、こんな嬉しい誕生日、生まれて初めてだよ」

（蓮さんと一緒にいられるだけで幸せなのに、こんな素敵な部屋で誕生日をお祝いしてもらえるなんて。もうこれ以上は何も要らないくらい幸せだよ）

しがみついて離れない私をぎゅっと抱きしめ、蓮さんが耳元で囁《ささや》く。

「もっと嬉しい日にするから。優羽が一生俺から離れたくないって思うように」

「……っ」

私はどう答えていいのかわからないほど、胸がいっぱいになってしまう。

（いけない、また泣いてしまう）

我慢しようとするけれど、せり上がってくる涙を止めることができない。

「優羽……君って本当に泣き虫だな」

「蓮さんが悪いんじゃない……っ。こんな素敵なプレゼント……泣くに決まってるよ」

蓮さんの唇が目尻に触れ、涙をすくい取る。そのまま少し顔を上に向けると、唇が重なった。

ちゅっ、くちゅっ……と水音を立てながら、キスは深くなっていく。

彼の唇は柔らかくて温かくて甘い。それでいて、とても官能的だ。体が熱くなって奥の方が疼《うず》く。

「ん……っ」

「優羽の声、可愛い。もっと聞きたい」

耳にもキスされ、ぶるりと震えた。

「ま……って」

「待てない。今日は優羽を抱くって言ったろ」

蓮さんの熱のこもった瞳が私を捉《とら》え、動けなくした。彼は私の腰を抱えたまま部屋の電気を消し、奥にあるベッドルームへ連れて行く。

「食事はもう少し後にしてもいい？　先に優羽を抱きしめたい。優羽はどう？」

「そ、それは……」

こういう質問はずるいと思う。答えられずに、もごもごと言葉を濁《にご》す。

綺麗に整えられたベッドの上に寝かされ、髪をすっと優しく撫《な》でられる。私の重みに蓮さんの重みが加わり、ベッドがギシッと鳴った。

「嫌じゃないなら、このまま続けるよ」

「……うん」

私が頷《うなず》くと、彼はゆっくりと唇を重ねてくる。さっきのキスで灯《とも》された小さな火が、燃え上がっていく。

今……私はこの世界で一番好きな人とキスをしている。そして、その先もきっと……

(これ以上幸せを感じると怖くなっちゃうかな)

深い口付けの中で、ふと体がこわばる。それに気付いた蓮さんが動きを止めた。

「どうしたの？」

「ううん……なんでもない」

怖いなんて言えない。蓮さんは私の髪を撫《な》でながら額《ひたい》にキスを落とした。

「ゆっくりするから。嫌なことがあったら遠慮なく言って」

「……うん」

蓮さんは私が落ち着くまでずっと髪を撫《な》でていてくれた。彼の胸に頬を寄せると、規則正しく脈打つ彼の鼓動が聞こえる。

「夜は長いし……明日もある。焦らなくていいよ」

耳元でそっと囁《ささや》かれ、そのまま耳の縁《ふち》を軽く唇でなぞられた。彼の熱い息がかかり、それが私の体温を上げる。

（私が初めてだから、すごく気を使ってくれてるんだろうな。蓮さん、やっぱり優しい……）

次第に緊張が解け、私から彼の首に腕を巻きつける。そして彼の顔をそっと引き寄せると、ドキドキしながら触れるだけのキスをする。

「ありがとう……蓮さん。もう大丈夫だよ」

「そんなことを言ったら、優羽が泣いても、もう止められないかもしれないよ。一度我慢してるし、さすがに次は止める自信がない。俺が優羽を激しく求めたら、嫌いになる？」

蓮さんの言葉にぞくぞくと体が痺《しび》れる。彼みたいな魅力的《みりょくてき》な男性が私を激しく求めるなんてこと、あるだろうか。

（自信はないけど、本当にそれほど私を求めてくれてるなら……）

「嫌いになんてなるはずないよ。私は蓮さんにならどんなことをされたって平気だし……嫌いになるどころか、もっと好きになると思う」

「そうなら嬉しいよ。とはいえ、優羽が怖がるようなことはしないようにゆっくり進めるから、心配しないで」

蓮さんは嬉しそうに目を細めると、私の顎《あご》を指で引き上げながら深くキスをした。くちゅくちゅと甘やかな水音が響き、頭が痺《しび》れる。

「ふぅ……ん……っ」

思わず声を漏らしてしまう。口内で生温かい舌がくちゅりといやらしく擦《こす》れ合う。

（蓮さんの舌……熱い……）

自分の舌が蓮さんのものと絡み合い、そのまま唾液をすべて吸い尽くされそうなくらい舌を吸われた。

官能的なキスが続いて、頭の中が真っ白だ。

「んっ、ふ……ぁ」

キスの合間に背中のファスナーを下ろされ、気がつくと下着だけになっていた。

唇が離れ、うっすらと目を開けると蓮さんの姿が見える。彼も服を脱いで、下着姿になっていた。

彼が私の肩に手を置く。

「可愛い下着だね。もしかして、俺のためにつけてくれたの？」

「そんなこと……」

（そうなんだけど、見透《みす》かされてるみたいで恥ずかしい）

返事に困り、私は目を逸《そ》らす。

「優羽はどこまで俺に火をつける気なんだろうな」

蓮さんは甘い声で囁《ささや》くと、上半身を私の肌にぴったりくっつけて、熱いキスを繰り返す。

「は……っ、ん……っ……」

自分のものとは思えないほど高い声が恥ずかしくて、唇を噛《か》む。

けれど蓮さんはそれを許さないとでも言いたげに、甘い刺激をどんどん与えてくる。

蓮さんの大きな手で髪をくしゃくしゃにされながら、私は彼のキスを受け続けた。

（キスだけで気が遠くなりそう……）

「……はぁっ……優羽は体も唇も柔らかくて、温かいな」

少し息を乱した蓮さんが、キスの合間にそう呟《つぶや》く。

私は蓮さんの引き締まった胸板に触れ、ため息を漏らした。

「蓮さんはすごく……逞《たくま》しくて、男らしいね」

彼の体は、思っていたよりずっと筋肉質だ。顔だけでなく、この人は体もパーフェクトに整っている。

「体力は仕事上、必須だからね」

（そういえば、昔から陰でしっかりとトレーニングする人だったな。蓮さんの見た目の美しさは、努力の賜物《たまもの》なんだ）

きっと激務の合間を縫《ぬ》って鍛《きた》えているのだろう。そういうストイックな部分も、彼らしいと思う。

その時、蓮さんは私を抱きしめていた手を緩め、小さくため息をついた。

「はあ……こんな時に」

「え？」

耳を澄《す》ませると、どこかでスマホが鳴っているようだ。

「もしかして、仕事の電話？」

「多分。今日は金曜だし、普段の俺なら間違いなく会社にいる時間だからね」

「蓮さん、私のことは気にしないで。電話に出て」

「……ごめん」

ベッドから起き上がると、蓮さんはジャケットのポケットからスマホを取り出して耳に当てた。

相手はやはり会社の人だったらしく、仕事モードの声になっている。

「……わかった、なるべく早く行く」

電話を切り、こちらを振り返った蓮さんは申し訳なさそうにため息をついた。なんでも、社員の一人が接待中に相手の方を怒らせたという。

「任せた俺の責任だ。大事な取引相手だから行かないと……」

「そっか……」

残念だけれど、彼が私を大切に思ってくれていることはわかっているから、悲しくはない。

「行ってきて。私、ここで待ってるから」

「優羽の誕生日なのに……本当にごめん」

「ううん、仕事が最優先だってわかってるから。それに私、仕事をしている蓮さんも好きだし……大丈夫だよ」

「ありがとう」

「うん」

(自分に嘘をついてるわけじゃない。私は本当に心から蓮さんの仕事を応援したい)

寂しさは封印し、私は蓮さんが少しでも気持ちよく行けるように笑顔を作った。

「決着がついたら、すぐ戻る。飲み物は冷蔵庫にあるから、自由に飲んで。ルームサービスが届いたら食べていてね」

「うん」

「日付が変わる前には必ず戻るから……待ってて」

蓮さんは私を抱き寄せると、額《ひたい》に優しくキスをして微笑んだ。私はそれに応《こた》えるように頷《うなず》く。

彼は素早く着替えを済ませ、身だしなみを整えて部屋を出て行った。

急に静かになったスイートルームは、やはり一人でいるには広すぎる。

(私のライバルはお仕事……か)

忙しい彼氏を持つ女性はきっとみんな似たような気持ちなのだろう。『仕事と私、どっちが大事?』なんて質問は口が裂けてもしない。そんなの比べようがないのは、蓮さんを見ていればわかる。

(それに、蓮さんはまた戻ってきてくれるし。明日もあるから、私は平気)

服を脱いでいたせいで、少し肌寒い。私はガウンを探して羽織《はお》ると、温かいものでも飲もうとキッチンに立った。

ポットに水を入れてコンロにかけると、ふと蓮さんがくれた花束のことを思い出す。

（あの蓮さんが、どんな顔をして花束を買ってくれたんだろう……きっと、すごく恥ずかしかっただろうな。押し花にしてとっておこう）

私は沸いたお湯でコーヒーを淹《い》れると、ミルクと砂糖をたっぷり入れて飲んだ。

その時、テーブルの上からメールの着信音が聞こえた。私のスマホは手元にある。きっと蓮さんのものだろう。

「あれ？　でも、蓮さん、自分の携帯は持って行ったよね」

（スーツのポケットに入れてるところを見たし……じゃあ、これは？）

画面を覗《のぞ》いてみると、まだ明るい状態の画面が見えてしまった。『玲奈』という差出人の名前と、新着メールの本文の冒頭が表示されている。

『こんばんは。れーくんはまだ仕事中かな。私は……』

そこまででメールの文章は切れていた。私は冷水でも浴びたように凍りつく。

蓮さんのことを『れーくん』と呼ぶ『玲奈』さんを知っているからだ。

「このメール、白鳥……さん？」

蓮さんが高校時代に付き合っていた、学校のマドンナと評判だった白鳥玲奈さん。彼とは同級生で、高校卒業と同時に外国へ留学し、それを機に付き合いは自然消滅したと噂で聞いた。

でもそれはあくまでも噂。真実はどうなのか、私が知るはずもない。このメールから察するに、少なくとも白鳥さんと蓮さんはまだ連絡を取り合う仲だということだ。

(どういうことだろう)

私に伝えてくれる彼の気持ちが嘘だとは思わない。けれど、こういうのを見ると嫌でも二人の関係を想像してしまう。

(ううん、やめよう。勝手な妄想だけで蓮さんを疑うのはよくない)

「眠ったら、リセットできるかな」

なるべく起きて待っていようと思ったのだけど、胸騒ぎは収まりそうもない。私はベッドルームで横になり、さっきの幸せを思い出そうと目を閉じた。

(蓮さん……早く帰ってきて)

じっと辛抱《しんぼう》強く目を閉じていると、一日の疲れもあったのか、私は静かな闇の中ですっと眠りに入ることができた。


――いい香りが鼻孔《びこう》をくすぐり、目を開ける。すると隣の部屋でかちゃかちゃと食器を並べる音がした。

(あ、もしかして……)

私は急いでベッドを出るとリビングに向かう。

「蓮さん、お仕事もう大丈夫なの？」

「仕事は終わったよ、待たせてごめん。準備できたら起こすつもりだったんだけど」

振り返った蓮さんは、テーブルにフォークとナイフを置いていた。ルームサービスが届いたようで、豪華な料理が湯気を立て、高級そうなワインも用意されていた。

「すごくいい香りで目が覚めたの」

「そっか。優羽がルームサービスの配達に気がつかなかったみたいだから、再度取り寄せたところだったんだ。まだ届いたばかりで料理も温かいよ」

「ありがとう」

料理から漂《ただよ》う香りで、私のお腹は正直にグゥと鳴る。それを聞いて、蓮さんはふっと笑った。

「お腹空《す》いたでしょ、すぐに食べよう」

「う、うん」

（お腹の音を聞かれた……。恥ずかしい……）

そこでふと、私はスマホが置いてあった場所に目をやる。けれどそこには何も置かれていなかった。

「あ、あの。さっきスマホが鳴ってたみたいだけど、大丈夫？」

ドキドキしながら聞くと、蓮さんは「ああ」と言ってポケットからスマホを出して見せる。

「これのこと?」

「そう。大事な用事かなって気になって……」

白鳥さんらしき人からのメッセージをちょっぴり見たと言ってしまいたい。でも怖くて言えない。

「これはプライベート用のやつで、仕事には使わないものだから、心配ないよ」

「そっか……よかった」

蓮さんはスマホをポケットにしまうと、シャンパンの栓を抜きはじめる。その様子からすると、私がメッセージを見たなんて考えてもいなさそうだ。

(私が気にしすぎなんだよね、きっと)

少し眠ったおかげでさっき受けた動揺は薄らいでいる。

(今日は蓮さんと私の大切な日だし……。余計なことを言って空気を悪くする必要はないよね。いつか聞ける時があったら、聞いてみよう)

私はメールのことは胸にしまい、用意された料理の前に座った。

「蓮さん、お仕事お疲れ様。眠っちゃってごめんね」

蓮さんは首を横に振って微笑む。

「逆に寝ていてくれてよかったよ。優羽、少し疲れてたみたいだし」

料理の香りとシャンパンを注《つ》ぐ音が、私の心を次第に穏やかにしてくれる。蓮さんも仕事を終えたからか、和《なご》やかな表情で席に着いた。

「お互いすっきりしたところで、乾杯しようか」

「うん」

蓮さんはシャンパングラスに指をかけながら、ふと思い出したように私を見る。

「七月生まれは、優しくて穏やかな人だって聞いたことがある。優羽にぴったりだ……俺をこんなに穏やかな気持ちにしてくれる女性は、今までいなかったから」

「蓮さん……」

こんな台詞《せりふ》、生まれてこのかた言われたことがない。それじゃなくても蓮さんが紡ぐ言葉は私にとって特別なのに、本当にもったいないくらい嬉しい言葉だ。

「ありがとう……蓮さん」

簡単なお礼しか言えないほど胸がいっぱいになっている。この人をほんの少しでも疑ったなんて、情けないし申し訳ない。

（蓮さんを信じよう）

私は、できるだけ穏やかな気持ちで微笑んだ。

「改めて……優羽、誕生日おめでとう」

掲《かか》げられたグラスを見て、私も自分のグラスを手にする。

「十二月にある蓮さんの誕生日には、私も精一杯お祝いするね」

「あれ？　俺の誕生日、教えたっけ？」

乾杯しようとしていた蓮さんが手を止めて、不思議そうに私を見た。

（あ、そうだ……蓮さんから直接誕生日を聞いたことはなかったんだ）

高校時代にこっそり他の先輩から聞いて知ったのを思い出す。

（今さら、高校時代のことを蓮さんに話すのは、やっぱり抵抗があるな）

「あ、その……社員の方で知ってる人がいて。偶然聞いたの」

「そうなんだ。じゃあまだ先だけど、十二月を楽しみにしてるよ」

とっさについた私の嘘を、蓮さんは信じたらしい。それ以上追及せずに微笑み、グラスを傾ける。私もグラスを合わせて乾杯をした。

（蓮さんはしっかりと私を見て好きだと言ってくれた。過去の私も、蓮さんの過去も、関係ない……今、私たちは紛れもなく恋人同士なんだから）

「いただきます」

蓮さんとの新しいスタートのために、私は胸のモヤモヤをふり切って未来の明るい予想図だけを見ることを心に決めた。

おいしいシャンパンには要注意。パーティーの時で懲《こ》りていたのに、また私は空腹でシャンパンを一気に飲んでしまった。

おかげでいつもよりテンションが上がってしまう。

「蓮さんと初めて食事した時も同じくらい嬉しかったけど、今は数倍幸せ。蓮さんといられれば、私はいつだって幸せなの。私きっと今、世界で一番幸せだよ」

留めておけない心情をこぼす私。自制する自分もいるのに、止まらない。

でも蓮さんは呆れないで嬉しそうに頷《うなず》いてくれた。

「優羽に喜んでもらえてよかった。でもパワーはまだ温存しておいて、優羽が先に寝てしまったら俺が寂しいから」

はにかんだような微笑みが私の胸を甘くくすぐる。付き合うようになって知った蓮さんのこういう意外な可愛らしさが、私の心を鷲掴《わしづか》みにする。

どんなことがあってもこの人とずっと一緒にいたい。

「寝ないよ。蓮さんと過ごす夜なのに……眠れるはずないよ」

(今だって眠気が来るどころか、意識がどんどん覚醒《かくせい》していってるし)

「……じゃあこれはもうおしまい」

シャンパンを半分まで空《あ》けたところで、蓮さんはボトルに蓋《ふた》をした。

「もっと飲みたいだろうけど、優羽、かなり酔ってるし」

「え……？」

「視線がちょっとさまよってる」

「大丈夫だよ、これくらい……あれ？」

（おかしいな……目の焦点が……）

大丈夫だとアピールしようと蓮さんを見るのだけど、その姿がゆらゆらと揺れている。

「ちょっとだけ酔ったかも。でも大丈夫だよ、まだお料理もいただきたいし……あっ」

手にしたスプーンで料理をすくおうとして、取り落としてしまう。次の瞬間、皿にスプーンが当たる金属音が響き、そのまま床に落ちた。

「ご、ごめんなさい」

それを拾おうとしてしゃがむと、蓮さんも席を立った。

「後で俺が片付けるからいいよ。それよりもう飲むのをやめて、少し休んだら？」

「でも……」

スプーンに向かって伸ばした手に、蓮さんの手が重なり、そのままぎゅっと強く握られる。彼の手が驚くほど熱く、私は顔を上げた。

「蓮さ……あっ」

手を強く引かれ、そのまま彼の腕の中に抱き入れられる。

「ほら、体もすごく熱くなってる」

「ん……蓮さんも」

私たちはお互いの熱が伝わるほどの距離で、しばらく無言で抱きしめ合った。

数時間前に交わしたキスの余韻《よいん》が、再び体の中からよみがえる。

(心臓の音がすごく速い。これってシャンパンのせい？　それとも……)

「優羽、俺シャワーを浴びてくるよ。少し待ってて」

「う、うん」

体を離すと、蓮さんは私の顔を覗《のぞ》き込んできた。

「一緒に浴びる？」

「い、一緒は……ちょっとまだ……」

「ははっ、冗談だよ。軽くシャワー浴びてくるからベッドで待ってて」

私の頭をくしゃりと撫《な》で、蓮さんはぎゅっと抱き締めてくれる。

そこには本当に愛を感じられて、さっきまで胸にあったモヤモヤが完全に消えていった。

シャワーに行った蓮さんをベッドの上に座って待っていると、どんな顔をしていたらいいのかわからなくなる。その緊張感が、さっきまで酔いでぼんやりしていた頭を少しずつクリアにしていった。

「はぁ……どうしよう……どうしたらいいのかな……」

心を落ち着けるために息を吐いてみるけど、心臓はまったく変わらずに、バクバクと音を立てている。

そんな状態でいると、ガウン姿の蓮さんが濡《ぬ》れた髪をタオルで拭きながら戻ってきた。

濡《ぬ》れた髪の彼は驚くほどセクシーで、どぎまぎしてしまう。高校生の頃はかっこいいと思うばかりだったけど、今は何というか……妖艶《ようえん》なほどの色香を漂《ただよ》わせている。

「優羽。またじっと見てる」

「あっ、ごめん」

プイと横を向くと、蓮さんはくすくすと笑った。

「謝ることじゃないよ」

彼は髪を拭いていたタオルを椅子に投げ、私をベッドの上に倒して覆《おお》いかぶさってくる。ガウンの紐《ひも》は結ばれてなくて、胸元が開いていた。

触れたい気持ちと、恥ずかしくてとても無理という気持ちがせめぎ合う。

「そんなに俺の顔を見ていたいなら、もっと近くで見せてあげるけど？」

「……っ！」

噛《か》みつくような強いキスをされ、唇が離れたと思ったら、首筋や鎖骨にもキスをされた。

「れ、蓮さ……待って」

「ここまで来てお預け？」

蓮さんは顔を上げると、私の髪を撫《な》でて熱っぽい瞳で見つめてくる。その目力はすごく強くて、心も体も乗っ取られたように動けない。

（王者の目……人の上に立つ人の目だ）

じっと見つめ返す私を見ながら、蓮さんは口を開く。

「優羽……もう今日は我慢しなくていいよね」

「ん……うん」

彼の唇が私の額《ひたい》にそっと触れ、そのまま鼻筋を通って唇で止まる。優しくなぞるように上唇を辿《たど》っていったかと思うと、突然深く押し当て舌を差し込まれた。

「ふぅ……んん……っ！　あっ、やぁ……っ」

かすかに漏れた声が甘くて、まるで自分のものじゃないようで、驚いてしまう。

「まだ理性の方が勝ってるね」

唇を離した蓮さんが熱のある瞳で見つめ、押しつけていた手を緩めた。

「……優羽が欲しいって言うまで焦《じ》らすことにしようかな」

「え……っ」

蓮さんは私のガウンを脱がせ、キャミソールの上から優しく胸に触れる。甘い電気のようなものが走り、ピクリと体が震えた。

「感度はいいみたいだね」

ふっと微笑むと、蓮さんは私の背中に腕を回す。そのままゆっくり私の体を起こし、自分の膝の上に座らせた。

向かい合うような格好になり、真正面から見つめ合う。

「こうして見つめ合って、キスして、触れ合うだけでも、気持ちいいでしょ」

「ん……っ、そう……だね」

蓮さんは私の背中をさすったり耳にキスをしたり、優しい愛撫《あいぶ》を続ける。私の体は彼に触れられる度に正直に反応して、熱が上がっていく。

じれったいほどの優しい愛撫《あいぶ》にたまらなくなり、私は彼の首に腕を回した。

「……蓮さん、キスがしたい」

「いいよ」

切れ長の目の奥には黒真珠《くろしんじゅ》のような瞳が、優しく光っている。

たまらない魅力《みりょく》に吸い寄せられ、私は蓮さんにキスしていた。彼は私の後頭部を抱え込んで、深く舌を差し込んでくる。熱い口内で舌を絡《から》ませ、くちゅくちゅと水音を立てながら求め合った。

「は……っ、ん……ぁ！　んん……、あぁ……」

私も蓮さんの髪を撫《な》で、激しいキスに夢中で応《こた》える。愛おしさと気持ちよさで、呼吸もどんどん速くなる。

気づくと互いの呼吸の音と水音、甘い声だけがやけに大きく部屋に響いていた。

はあ……っ、ちゅく……、は……っ、ぬちゅ……っ。

水音を聞いていると、下腹部にじわじわと疼《うず》きのようなものが広がる。

その時、そっと蓮さんが下着越しに私の秘部に触れた。濡《ぬ》れた感触がして、驚いて目を見開く。

「や……っ、あぁ！」

「優羽、濡《ぬ》れてる。俺を受け入れたいってサインを出してるね」

あまりの恥ずかしさに、私は首を横に振って声を上げる。

「ん……ちが……っ」

「認めないの？」

蓮さんはショーツをすっと横にずらすと、そこから指を差し込んだ。途端、感じたことのないほど甘い痛みが体に走る。

「あぁ……っ！　ひゃあぁんっ……！」

「痛い？」

私は戸惑いながらも、首を横に振る。その様子を確かめながら、蓮さんは長い指で中をゆっくりと掻き回した。

痛みはあるのだけれど、それよりも疼《うず》きに伴《ともな》う快感が強い。

「あぁ……っ！　や……っ、はぁ……っ、気持ち……いい……っ！」

「ここ？」

私の中で、蓮さんは少し指の関節を曲げた。指の動きに何かを刺激され、びくんと体が跳ねてしまう。

「やあぁぁ……っ！」

私は必死に蓮さんの首にしがみついた。

「やぁ……っ！　だ、だめっ……んん！」

「俺の指、きゅうきゅうに締めつけられてる。……優羽、気持ちいいんだね」

「や、言わないでっ」

こんな恥ずかしいこと、これまで体験したことない。蓮さんの前ですっぴんになるより、ずっと恥ずかしいことをしている気がする。

蓮さんは私の頬に優しくキスして、にこりと笑った。

「色っぽい顔してる。可愛いよ……最高に」

「で、でも……あ……っ！」

蓮さんは指を抜くと、自分の硬くて熱いものを私のお腹に触れさせた。男性のものを見るのも触るのも初めてで、どこへ視線をやったらいいのか戸惑う。

「どう、まだ焦《じ》らした方がいい？」

意地悪な笑みを浮かべる蓮さんは、どこか楽しそうだ。でもこんな彼も魅力的《みりょくてき》で、私の体は疼《うず》いて仕方がない。

「足りないなら、もっとしてあげるけど」

敏感になっている小さな突起をくるくると指でなぞられると、耐えられない欲求が湧《わ》いてきた。

「あ……っ、はぁ……！　れ……蓮さん……っ、……っ」

「言ってみて、優羽がどうして欲しいのか」

（どうして欲しい……それは、もちろん）

「れ、蓮さんを、感じたい……」

蓮さんはにこりと微笑んで頷《うなず》くと、ベッドのそばにあった薄いビニールの袋に手を伸ばす。唇で挟んでぴっと袋を開けると、中のゴムを自分のものにつけた。

「蓮さん……」

「そんな不安そうな顔しなくて大丈夫だよ」

彼は私の腰を掴むと、そっと浮かせるように力を入れた。

「優羽、体をゆっくり沈めてごらん。きっと入るから」

「え……わ、私が？」

「それなら、痛い時にやめられるでしょ」

「そ、そっ……か」

流されるように、私は頷《うなず》いてしまう。そして額《ひたい》に汗がにじむのを感じながら、そっと自分の腰を浮かせた。そして蓮さんの硬いものをゆっくりと自分の体に押し入れていく。

「あ……あぁ……っ！　熱い……っ」

「大丈夫？」

「ん……大丈夫」

熱とぴりりとした痛みがおさまる。気がつけば、私はすっかり蓮さんのものを呑み込んでいた。

お腹の中が熱く、存在感を感じる。

「入ったね」

「うん」

（今、私、蓮さんと繋《つな》がってるんだ……すごい、大好きな人と一体になってる）

嬉しさと安堵《あんど》感で、涙が溢《あふ》れてくる。蓮さんはそれを指で拭《ぬぐ》い、ゆっくりと腰を揺らした。

とたんに、ぐちゅっと濡《ぬ》れた音が響き、私の体内で新たな甘い痺《しび》れが生まれる。

「ああ……っ！　は……っ、あぁ……んん！　ふぅ……！」

蓮さんは腰を動かしながら、私の揺れる胸を咥《くわ》えた。そして舌先で胸の頂《いただき》を刺激する。

それが私の中をさらに熱くし、自分でも入り口がキュッと縮むのがわかった。

「……優羽。少し激しくしても平気？」

蓮さんは切ない表情で私を見つめ、何かに耐えるように動きを止めた。その表情で、
彼にもっと気持ちよくなってほしいという気持ちが湧《わ》き上がる。

「ん……平気。蓮さんにもっと気持ちよくなってほしい……」

「じゃあ、速くするね」

「うん……あっ」

揺さぶりが激しくなり、中でさらに蓮さんのものが大きくなった気がした。一層強く
突き上げられ、体の奥に当たる。

「あぁ……っ、やぁ、んん……、ああ……っ！」

がつがつと揺さぶられ、奥に当たるたび我慢できずに声が出てしまう。

「はあっ、んっ！　あっ、やぁ……っ！」

声を塞《ふさ》ぐようにキスされ、そのままぎゅっと抱きしめられた。密着したまま突き上げ
る刺激がしばらく続き、自分の体がびくびくと揺れる。

（これが……体を重ねるってことなんだ。すごく嬉しい、幸せ）

私は蓮さんの首に両腕を回し、首筋に唇を強く押し当てた。

「はぁ……っ、優羽……好きだよ……！」

「ん……っ、私も……！　蓮さんが好き……っ、大好き！」

胸いっぱいに幸せを感じていると、蓮さんが呼吸を整えながら動きを止めた。

「はぁ……っ……蓮さん？　ん……どうしたの……？」

「このままじゃいきそうだ。優羽をまだ感じていたい……もう少しゆっくりしよう」

私を膝から下ろすと、枕を当ててベッドに寝かせた。私を見下ろす蓮さんは、今まで最もセクシーで、その表情だけでも体が熱くなってしまう。

「優羽、怖さや痛みはまだある？」

「ううん……怖くない。気持ちいいよ……」

「よかった……もっとよくなるはずだから、力抜いて」

「うん」

言われた通り体から力を抜くと、蓮さんは私の両脚を押し広げた。あまりに大胆な格好で、一気に恥ずかしくなる。

「えっ、こんな格好？」

「少し恥ずかしいくらいの方が感じるよ」

「嘘っ、や……あぁっ」

私の声を遮《さえぎ》るみたいに、蓮さんはぐっと私の中に入ってきた。さっきとは違う刺激が中に広がり、自然に背が反《そ》ってしまう。痛みを超えて、熱い蓮さんの体温が私の中へ流れ込むような感じだ。

「優羽と繋《つな》がってる。すごくいいよ……狭くて熱くて」

「あぁ……っ！　ん……っ、やぁ……恥ずかしい……！」

ぐちゅっぐちゅっっと音を立て、蓮さんは動き出す。

体の奥に、波のようなものが押し寄せたり引いたりしながら、少しずつ大きくなる。蓮さんが動くたびにその波は目の前に迫ってきた。

「優羽、待って……そんなに締めないで」

「え……っ、そんな……っ、んんっ、わからない……！　あっ……ふぅ……！」

蓮さんを愛おしいと思えば思うほど、中は彼を締めつけるみたいだ。彼は何かに耐えるように、私の体をぎゅっと抱き締める。

「ちょっと……休憩させて」

汗ばんだ互いの体が、本当に隙間がないほどぴたりと重なった。まるで最初から私たちは一つだったような感覚だ。

（あ……すごく気持ちいい。なんだろう、ふわふわして体が浮いてしまいそう）

さっきまでの押し寄せる波とは違い、穏やかな甘い快感がじわじわと子宮周辺を支配する。私は彼の汗ばんだ背に手を這《は》わせ、大切な宝物を守るようにゆっくりと撫《な》でる。

（蓮さん……あなたが大切。私の宝物だよ）

「優羽……」

目を開けた蓮さんは、我慢できないように熱のこもった目で見つめた。

「そろそろ……限界かも。さっきより激しくするよ？」

「ん、いいよ」

私が頷《うなず》くと、蓮さんは腰を速く動かしはじめる。ぱんっ、ぬちゅっ、と淫《みだ》らな音が聞こえ、全身がびくびくと震えるほど快感が走った。

「あぁっ、あ、んん！　やあ！　ああっ！」

彼の動きの激しさに、私の体はベッドの上で跳ね上がる。

「ふ……っ！　ん、ん……っ」

「……っ、は……っ、優羽……っ」

余裕なく呼吸を乱す蓮さんが愛おしくて、私は彼の背中に脚を絡めた。すると、彼は切なげに眉根を寄せる。

「優羽……もう……っ！」

「蓮さんっ、あぁぁっ、んん！」

がつがつと奥を穿《うが》たれ、熱く快感に支配されていく。

「優羽！　優羽……っ！　く……！」

そして蓮さんが私をぎゅっと抱き締めるのと同時に、体の奥に熱が放たれた。蓮さんのものが子宮口を押し上げ、私の頭の中が真っ白になる。

「あああぁぁぁ……っ‼」

あまりの快感に、私はあられもない声を上げてしまった。

頭が色を取り戻しても、「はぁ……っ」と息を漏らすことしかできない。

「優羽……ごめん。激しくしすぎた？」

息を整えながら、蓮さんは私の様子をうかがうように見つめる。私はまだぼうっとした状態で首を横に振った。

「ううん……大丈夫……だよ。蓮さんと一つになれて……嬉しい……」

「俺も……優羽と一つになれて嬉しいよ」

照れた表情を浮かべる蓮さんの姿に、さらに愛おしさが増す。

（ああ、蓮さん……大好き。ずっとこうしていたい）

私たちは肌を合わせ、その心地よさをしばらく味わっていた。

少ししてふっと目を開けると、蓮さんも同じように目を開けた。

「優羽……冷えてるよ。シャワー浴びようか」

「うん……。蓮さんも、冷たくなってる。少し暖まった方がいいね」

蓮さんはゆっくり起き上がると、ベッドから下りてガウンを羽織《はお》った。そして起き上がろうとする私の体をそっと支えてくれる。

「もう痛みはない？」

「大丈夫。ありがとう……私、初めてが蓮さんでよかった……すごく、すごく幸せだよ」

「可愛いな……優羽。全部綺麗にしたら、もう一回抱き合いたい」

蓮さんは後ろから私を抱きしめ、首にキスした。

「……うん」

（蓮さんに可愛いって言われるたびに胸が痛い）

彼に抱きしめられて幸せでたまらないのに、同時に心の隅にあった罪悪感が大きくなって苦しい。

（やっぱり、ちゃんと素顔は見せた方がいいよね）

「蓮さん……待って」

彼と向き合い、神妙な顔で見つめる。

「どうしたの？」

「私ね、蓮さんに言わなきゃいけないことがあるの」

「何？」

「驚くと思うけど……。私、結構しっかりメイクをしてる方でね。すっぴんの私の顔、すごく薄いの」

（言ってしまった……）

ビクビクしている私。けれど、蓮さんは不思議そうな表情で首を傾《かし》げた。

「そうなの？　いつも綺麗にメイクしてるなぁとは思ってたけど」

特にがっかりするような様子もないし、私が悩んでいることがよくわからないという感じだ。

（リアルにすっぴんを見ないとピンとこないんだろうな）

「正直、怖い。シャワーを浴びてメイクを全部落としたら、蓮さんはどう思うんだろうって」

（でもこれ以上、蓮さんに素顔を隠しているのは心が痛い）

私の真剣な様子に、蓮さんは戸惑いながらも頭を撫《な》でてくれた。

「心配しなくていいよ。俺は優羽を顔で選んだわけじゃない。綺麗事でもなんでもなく、どんな優羽でも好きだっていう自信があるよ」

「本当？」

「うん。今から一緒にシャワーを浴びて、確かめてみる？」

優しく誘われ、おずおずと彼の手を取る。今なら私は本当の意味で蓮さんに心を開けるのかもしれない。


蓮さんが先にシャワーを浴びている間に、私は洗面台でメイクを全部落とした。盛ってあったものはすべて消え、鏡に映る自分はやはり薄い顔だ。

（本当に大丈夫かな）

おそるおそるバスルームのドアを開けると、蓮さんが振り返って私の顔を見た。

「……綺麗だよ」

「えっ」

驚いて、つい後ずさってしまう。しかし蓮さんは真剣な表情で私の方へ腕を伸ばした。

「メイクはきちんとしていたんだろうなって思うけど、今の優羽は自然な感じでいいと思う。どっちの顔も、俺は好きだよ」

「蓮さん……本当に？」

「うん。だから心配ないよ、おいで」

私は心が軽くなり、蓮さんの胸の中へ飛び込んだ。

「よかった……がっかりされなくて。ずっと苦しかったから」

泣きじゃくる私の頭を撫《な》でながら、蓮さんは気持ちが鎮まるまで待ってくれる。シャワールームで裸になっているというのに、私は恥ずかしさを忘れ、幸せを感じていた。

「涙を流す優羽もまた可愛いな。肌がすごく綺麗だね。今すぐに触れたい」

私の目元にキスをして、蓮さんが微笑む。その笑顔は、メイクを落とす前とまったく変わらない。私はそれだけでまた目が潤《うる》んでしまった。

「ほら、もう泣かないで。体、洗ってあげる」

「え……あっ」

温かいシャワーを肩からかけられ、お湯がお腹から脚へ伝って落ちていく。体を洗ってもらうなんて思っていなかった私は、驚いてシャワーヘッドを取ろうとした。

「私、自分で洗うよ」

「せっかくだから、洗わせて」

「そんなこと……あっ」

蓮さんはシャワーヘッドを持ち直すと、キスをしながら私の胸をゆっくり擦《こす》った。

(そんな洗い方されたら、また……)

「隅々まで洗ってあげる」

「ん……あんっ、あ……」

蓮さんは泡まみれの手で、私の首元や腕を優しく洗っていく。そして滑《すべ》るように両胸まで這《は》わせると、揉《も》むように腕を上下に動かした。

「蓮さん……やだ……！」

思わず小さくそう言うと、彼は手を止めてふっと笑った。

「気持ちいい？　そういう気持ちになるように愛《め》でているんだから、気持ちよくなっていいんだよ」

「……っ」

「ねぇ、優羽。ここでしよう？」

彼は私の耳にチュッとキスをしながら、胸の愛撫《あいぶ》を続ける。

「えっ……っ」

「素顔の優羽とも愛し合いたい」

その真剣な響きに、ハッとした。

「蓮さん……」

受け入れてくれただけでも嬉しいのに、この上まだ求めてくれるなんて……。嬉しさのあまり、また涙がこみ上げてくる。

「それは嬉し涙？　それとも悲しい涙？」

私を見つめながら蓮さんが優しく聞く。

「嬉し涙だよ」

その言葉に、彼は優しく微笑んだ。

「よかった……さっきよりもっと深く愛せるようにするよ」

蓮さんは私の体についた泡を洗い流すと、そのまま私を抱きしめて唇を塞《ふさ》ぐ。熱気がこもる中、私たちは深いキスを何度も交わす。

（さっきより蓮さんがもっと近くなった気がする……嬉しい）

彼は一度唇を離し、指の先端でなぞっていた私の乳首を口に含んだ。びくりと体が跳ね、体の奥に熱が集まっていく。

「あっ、あん……っ！　やあ……んん……っ！」

熱い口の中で乳首が転がされ、甘い刺激でジンジンする。蓮さんは身をよじる私の腰を支え、優しく丁寧に胸を刺激して上目遣《うわめづか》いに私を見た。

「優羽の喘《あえ》ぎ声がバスルームに響いて、いやらしいね」

「や……だ、言わないで……んっ！　あぁ……っ、は……っ、やぁ……ん！」

蓮さんの指が、喘《あえ》ぎ声を大きくする私の秘所へ沈んでいく。さっきまでそこに彼が入っていたからか、それはすんなりと入った。

さらに彼の指はぐちゅぐちゅと音を立てて、出入りする。その度に、体が軽く痙攣《けいれん》した。

「もうこんなに感じるようになったんだ」

「は……っ、ん……なんだか……ぁ、変なの……っ！　痛くは……っ、ないんだけど……」

疼《うず》く下腹部を手で押さえて脚をよじると、蓮さんはふっと笑って指を抜いた。

「もう指じゃ満足できないってことか。優羽、そういう時は、おねだりをするんだよ」

「おね……だり？　……ええ!?」

首を捻《ひね》った直後、彼の言わんとすることを察した。けど、あり得ないほど恥ずかしい。

「こうして触られてるだけじゃ、逆に変な気分になるんじゃない？」

彼はそう言いながら、濡《ぬ》れた場所の一番敏感なところを軽く指で弾《はじ》く。そのせいで脚の力が一瞬抜けそうになった。

「ひゃぁ……っ！　……ん……っ、だ、駄目……無理だよ！」

「難しいことじゃない。欲しいって言うだけでいいんだ……簡単でしょ」

（簡単じゃないよ！）

恥ずかしくてどうにもできない私に、蓮さんは言い聞かせるようにゆっくりと言う。

「俺の熱くて硬いものを私のあそこに挿《い》れてください……って言えばいいんだ」

「……っ」

「優羽にそうねだられたら、俺はきっともう耐えられない」

その甘い蓮さんの声色に誘導され、私はたどたどしく彼の言葉をなぞった。

「……蓮さんの熱くて硬いものを……私の中に……挿《い》れてください」

「うん、よく言えました」

満面の笑みでそう言うと、蓮さんは「ちょっと待ってて」と私の髪を撫《な》でて脱衣場に向かう。そしてすぐに避妊具をつけ、バスルームに戻ってきた。

「さっきのおねだり、もう一回聞きたいな」

「……っ、それは……っ」

(二回も言うのは恥ずかしいよ)

もじもじしていると、蓮さんはくすっと笑った。

「嘘だよ。優羽が可愛いから、ついいじめたくなる」

そして額《ひたい》にキスをすると、ぐっと私の片脚を大きく上げた。突然あられもない体勢にされて、私は驚きで声も出ない。

「深く挿《い》れるから、痛かったら言ってね」

答えられずにいる私の背中を抱きかかえ、蓮さんは正面から突き上げてくる。熱く質量の大きな彼自身の侵入に耐えられず、大きな声が漏れた。

「あぁ……ッ！」

「……っ、優羽の中……すごく締めつけてくる。痛くない？」

耳元で熱っぽく囁《ささや》かれ、全身がぞわぞわと甘く痺《しび》れる。私は彼にしがみついた。

「ん……、大丈夫……気持ちいいよ……っ」

「じゃあ、遠慮なく動くね」

蓮さんは私にキスをしながら、勢いよく何度も何度も奥を突いた。揺さぶられるその振動すら私を快感に導き、波がまた押し寄せてくる。

「あ……っ、あんっ、あんっ」

「優羽……イキそう」

余裕のない声で囁《ささや》かれ、私はぎゅっと彼の背に掴まる。

(私も……私もイキそう)

蓮さんはそのまま動きを速める。

「あっあっ、あん……もう……私……！」

これ以上ないほど密着した私たちは、しっかりと互いを抱きしめ合う。

「……優羽っ」

私の中が締まるのと同時に蓮さんも背中をびくりと震わせる。背中に回された腕にぎゅっと力がこもった。

「優羽……好きだ」

「私も……蓮さん、大好き」

とろけるように甘いキスをした後、私たちはもう一度お互いの体を丁寧に洗い流し、バスルームを出た。

再びベッドに戻った私たちは、ほっこりしながら身を寄せ合った。

すっぴんを受け入れてもらった私は、深い安堵《あんど》のため息を漏らす。

（やっと……すべてを認めてもらった気分）

「優羽、どうしたの」

「ううん……」

私は蓮さんに顔を寄せながら、今まで言えなかったことを少しずつ話した。

「私ね……素顔が薄いことがコンプレックスで、十年近く悩んでたの。まさかこんなにあっさり蓮さんが受け入れてくれて、心が軽くなると思ってなかったから、本当に驚いていて……嬉しい」

「十年近くって……高校生の頃？　もしかして、コンプレックスになったのは、優羽を振った男のせい？」

「きっかけはね。やっぱり顔の印象が薄いせいで存在感まで薄いなんて嫌で……自分をもっと認めてもらいたいって思って。それでメイクをするようになったんだけど、そのおかげで前向きになった。だから悪いことばっかりではなかったよ」

私がそう言うと、蓮さんは私の頬にキスをして優しく微笑む。

「すっぴんの優羽も可愛いよ。ちゃんと自分を持ってるから、存在感もあるし。そんな優羽が全部好きな俺がいるんだから、もう気にしないで……っていうのは、難しいかな」

私のために蓮さんが一生懸命言ってくれているとわかって、胸がじんと熱くなる。

「ありがと……もうコンプレックスにさようならするね」

「うん、それがいい。でも、俺は優羽を振った男に感謝だな」

「え？」

蓮さんの台詞《せりふ》に驚いて顔を上げると、彼は悪戯《いたずら》っぽく私を見つめた。

「おかげで俺に出会うまで、優羽は一人でいてくれたわけだし。君の初めてを全部独り占めできたんだから……やっぱり感謝だよ」

そう言って目を細めて微笑む蓮さんの表情は、子どもみたいで可愛い。

高校時代のことを内緒にしているのは、ちょっと心苦しいけど……

（言ったら、蓮さんがショックを受けるかもしれないし……。そんなのは望んでない）

私は改めて彼を見つめると、その整った唇や鼻筋にそっと触れる。

「私は蓮さんがこんなに表情豊かな人だって、知らなかった」

「そうだろうね」

蓮さんは私の手をそっと握り、「せっかく優羽が自分のことを話してくれたから、俺も」と切り出した。

「俺は昔から、周囲に心を見透《みす》かされないよう表情を隠すようにしてきた。『社長になる人間は、他人に心を読まれるようじゃいけない。心の内を隠せ』って子ども時代に親父に言われてね。それ以来、本心は表情に出さないようにしてきた。癖みたいなものかな。でもいい加減、どんな表情でいても大丈夫な人間にならないといけないんだけど」

その話に、私はびっくりした。でも彼はその人生に苦痛や不満を抱いているようには見えない。

（それは昔からそうで……何か使命感を持ってるっていうか、芯のある人っていう印象だったな）

「蓮さんはお仕事が好きだよね。厳しいし、すごく怖いけど……仕事を嫌々やってるって感じじゃないもの」

私の言葉を聞いて、蓮さんは髪を撫《な》でてくれながらふっと笑う。

「そうだな。優羽に会う前は、仕事だけで一生を終えてもいいと思ってたくらいだから」

「え……」

予想以上の回答に驚きを隠せない。ワーカホリックのように仕事に依存している風には見えないけれど、そこまで仕事中心で生きてきたとは思わなかった。

「蓮さんにとってお仕事は、そんなに大切なものなんだ」

「仕事というか、会社かな。父が築《きず》いた会社を継げることが誇らしいっていうか……。会社をすごく大切にしたいんだ。父は仕事に熱心だけど、家庭も大切にする人でね。俺は母を幸せにしている父を尊敬してきた。母の悲しい顔は見たことがないんだ」

そう語る蓮さんは、なんだか幼い子どものように純粋な目をしていた。不器用ながらも愛に溢《あふ》れた彼のルーツを垣間見《かいまみ》て、急に愛しさが増す。

「お母様は、お父様に心から愛されてるんだね」

私の言葉に蓮さんは少し目を細め、天井を見つめる。

「うん。そうだね。母は病気で入退院を繰り返していたんだけど、二年前に亡くなってね。鬼のような父も、さすがに母の葬儀の時は泣いてたな……」

「あ……ごめんなさい」

(お母様が亡くなられていたなんて……)

すると蓮さんは、首を横に振った。そして再び私の髪を撫《な》でてくれる。

「母の死は乗り越えてるから大丈夫。母は本当に最後の最後まで『自分は幸せだ』って言っててね。父は忙しい人だから、一緒にいた時間は長くなかったのに、母はいつも父の話をしてた。そんな母を見て、俺も愛する人ができたらこんな風に思われるくらい、大切にしようと思ったよ」

「そっか……。蓮さんがあんなに厳しく仕事をするのも、お父様のように立派に会社を継ぐため……大きくするためなの？」

「……そうだな。いつか俺は社長として社員全員の人生を負うことになる。父があまりにできる人だから、追いかけるだけでも精一杯なんだ。余裕がないのは認める。でもいつか父のように仕事をこなし、鉄仮面《てっかめん》を外せる日が来るよう、今は精進するのみ……だな」

苦笑する蓮さんだけど、明るく前を向いているのがわかる。彼は理不尽なことは言わない人だ。だから厳しくされてもついていく部下がいるだろう。

「蓮さんの努力を、見ている人はいるよ。蓮さんが心から会社のためを思って働いているのを、信じてついてきてくれる社員はたくさんいると思う」

蓮さんは嬉しそうに頷《うなず》くと、私の頭を抱き寄せた。

「優羽がいれば、今まで以上に頑張れそうだ。自分が孤独だなんてあまり考えたことがなかったんだけど、君と出会ってからは、一人になると寂しい時がある。自分の弱さを認識した分、最近は少し社員の気持ちもわかるようになった気がするよ。……そういうところも優羽には感謝してる」

温かい言葉に胸がじわりと熱くなる。

鉄仮面《てっかめん》は仮の姿。本当の蓮さんはこんなに表情豊かで魅力的《みりょくてき》な人。

そんな彼の心の支えになれるなら、私は何でもしたい。

「蓮さんいろいろ話してくれてありがとう。私のことも聞いてくれて嬉しかったよ」

「うん、何でも言って。優羽、もっと君のことをたくさん……知りた……」

そこまで言ったところで、ふっと蓮さんの言葉が途切れる。

「蓮さん……？」

顔を覗《のぞ》き込むと、彼は寝息を立てて眠っていた。

その寝顔を見て、ふっと頬が緩む。

(お仕事で疲れてたのに、私の誕生日を祝ってくれて……それに驚くほどたくさん愛してくれた)

「ありがとう、蓮さん。大好きだよ」

眠る彼にキスをして、彼の香りに包まれながら穏やかな眠りに落ちた――

夢のような一夜が明け、私たちはベッドの中で照れながら顔を合わせた。

「おはよう。寝起きの優羽、初めて見る」

「恥ずかしいよ……あんまり見ないで」

(昨日の夜見られたとはいえ、明るいところですっぴんを見られるのはまだ抵抗がある)

布団で顔を隠す私を、布団ごとぎゅっと抱きしめながら、蓮さんがくすくすと笑う。

「照れる優羽も可愛いよ」

「もう……」

「はは。よし、朝食を食べたら少し朝の散歩でもしようか」

「賛成！」

布団からぴょこっと顔を出すと、蓮さんはまたおかしそうに笑った。


外に出ると、もうお昼近いこともあり、七月の太陽は夏らしい強さだった。

ホテルの近くにある公園は、眩《まぶ》しいくらいの日差しに照らされている。

「さすがにこの季節になると、太陽がきついな」

隣を歩く蓮さんは、そう言いながらさりげなく私の手を握った。その熱にどきっとする。

「俺、暑いのよりは寒い方が好きなタイプなんだけど、優羽は？」

「私も冬かな。寒くてブルッと震えるくらいの方がいい」

（だって、近づいて歩いていても不自然じゃない季節でしょ）

そんなことを思っていると、蓮さんはにこりと魅力的《みりょくてき》な笑顔で私を見る。

「じゃあ冬になったら、この公園でぎゅっと寄り添って散歩しよう」

「っ！」

思考を読まれたのかと驚いて目を瞬《またた》かせる。すると、彼は悪戯《いたずら》っぽく目を細めた。

「あ、同じことを考えてた？」

「も、もう。言わなくていいの、そういうのは」

私の反応は肯定したのも同じだ。蓮さんはますます愉快そうにする。

「優羽って本当にわかりやすいな。顔に全部出る。それに、あんなに体を重ねてもまだ照れるなんて……やっぱり可愛い」

「照れてないよ」

「照れてる。でも、そういう優羽を見てるのが好きだよ」

私の手を握り直し、蓮さんは楽しそうに足を進める。この何気ないやりとりがたまらなく幸せで、私も彼の手を握り返した。

（蓮さんの手……大きくて温かい）

「こんな甘々な蓮さん、やっぱり会社の人は想像もしないよね？」

意地悪のつもりで言ったのに、彼は恥ずかしそうにするどころか、すんなり頷《うなず》いた。

「会社の人だけじゃない。家族だって、友人だって……きっと優羽以外の誰も、こんな俺を知らない。俺自身ですら驚いてるんだ、自分の変化に」

蓮さんはそう言って、涼しげな瞳で私を見つめる。

そういえば、高校時代でもこんなに自然な笑顔を見たことはない。いつもクールで、そこが人気だったのだ。

（でも、笑うと小さくえくぼができることとかを知ったら、女性ならみんなキュンとするよ。そんな素《す》の彼を見ることができるのが私だけってことも、嬉しい）

彼のすべてが……今という時間が、愛おしくて胸が苦しくなる。大切すぎて、この時間を止めたいくらいだ。

でもそんなことはできるはずもないから、私はただ今を大切に過ごすしかない。

この先ずっと蓮さんとの絆《きずな》が繋《つな》がっているといいな……と彼の手を握りながらしみじみ思った。

3

夢のように幸せな私の誕生日から一ヶ月が経った。八月も半ばとなり、真夏らしい暑さの日が続いている。

蓮さんは相変わらず忙しいのだけど、休日はデートの時間を作ってくれる。今回は夏を満喫《まんきつ》しようと、蓮さんの実家が所有している小型飛行機でプライベートビーチに来た。

（まさか小型飛行機まで持ってるとは……。本当にセレブなんだな）

会員制のプライベートビーチは広々としていて、天国のように美しい場所だ。

大きなパラソルの下、水着姿で寝転びながら、私たちは二人の時間をじっくりと楽しむ。会えない時間が長いから、こんな時は本当に幸せで、ずっとこうしていたいと思ってしまう。

「まるでこの世に二人きりでいるみたい」

「そうだったら俺は最高に嬉しいけどな。優羽、そこ少し日が当たるからもっとこっちにおいで」

「う、うん」

蓮さんの言うとおり日差しを避けると、腕同士が触れ合ってドキッとする。

心地よい海風に吹かれ、私はしみじみと実感した。

「あぁ、幸せ……。自分の人生にこんな幸せが訪れるなんて思ってなかった」

「大袈裟《おおげさ》だな、優羽」

「だって、本当だもの」

（本当に、ずっと砂浜で蓮さんと抱き合っていられたら、いいのに）

海はエメラルド色で、空は夏らしく青く澄《す》んでいる。どれだけ見てもため息が出る景色だ。

「そういえば、海に来るなんて何年ぶりかな」

うとうとしていた蓮さんが、ふっと目を開けてそんなことを呟《つぶや》いた。

「確かに私も久しぶり。子どもの頃は夏休みに何度も来てたのにな。まあ、こんなに綺麗な海じゃなかったけど」

「優羽の子ども時代か。見てみたかったな」

「え……駄目だよ。日に焼けてたし、可愛くないし」

「またそんなことを言う。どんな優羽も可愛いよ、本当に」

さらっと言われた言葉に、ぎゅうっと胸を掴まれる。そして彼の言葉は私の心に深く染み込んできた。

蓮さんはどんな私も――すっぴんの私まで丸ごと愛してくれる。私のすっぴんを見た後も、態度が変わらない……むしろ甘く優しくなっているかもしれない。

「ねえ蓮さん、本当に私のどこが……あっ」

その時突然、強い風が私のかぶっていた帽子を空高くさらっていった。

追いかけようとしたけれど、帽子は波の上に落ちて、そのまま沖へ流されていく。

「ああっ、まだ新しい帽子なのに」

「優羽はここにいて。俺が取ってくる」

「えっ」

蓮さんは走り出すと、そのまま海に飛び込んですぐに私の帽子を捕まえてくれた。彼は太陽の光を浴びて眩《まばゆ》い笑顔で振り向いた。

「よかった、流されずに済んだよ！」

私に向けて手を振りながら戻ってくる彼の姿に、何度も瞬《まばた》きをする。

クールな蓮さんも好きだけど、元気に笑っている彼も大好き。

ときめく胸を押さえる私のもとに戻ってきて、蓮さんは帽子を差し出してくれる。

「ありがとう」

私が帽子を受け取ると、彼はくすりと笑いながら体を横たえた。

「お礼に優羽の膝を貸して」

「え……っ」

彼は戸惑う私の膝の上に頭をのせ、すっと目を閉じる。私が固まっているうちに、彼は寝息を立てはじめた。

彼の寝顔は綺麗で、いくら見ていても飽きることがない。

（お疲れ様……私のために時間を作ってくれて、いつもありがとう）

波の音とカモメの声。それと夏特有の熱い風が私たちを撫《な》でていく。

（本当に幸せ。この時間に終わりなんてないといいのにな……）

安心したように眠る蓮さんの顔を見つめていると、じわりと涙がこみ上げてくる。

涙を拭《ぬぐ》いながら、私は彼の唇にキスを落とした。

その日の夜、ホテルのベランダから星空を眺めていると、後ろから蓮さんがぎゅっと抱きしめてきた。

「どうしたの、蓮さん？」

「さっきビーチで泣いてたの、どうして？」

「あ……」

(起きてたんだ)

キスしたのもバレていたのかと思うと、耳まで熱くなるほど恥ずかしい。

「幸せすぎてね……つい涙が出ちゃって」

「本当？　俺、優羽を悲しませるようなことをしたのかと思ったよ」

「えっ！　違うよ！　蓮さんがいてくれて、幸せなの！　蓮さんさえいてくれればいいくらい！　悲しいことなんか何もないよ」

心の底からの言葉を伝え、蓮さんの腕にぎゅっとしがみつく。すると彼は私の耳にチュッと優しくキスをした。

「俺さえいればいい……って、それ、俺が欲しいってこと？」

熱のこもった目で聞かれ、私はおどおどしてしまう。

「も、もう……蓮さんってば」

「だって優羽が可愛いから」

「あ……っ」

ちゅっと首筋にキスをされ、その刺激で甘い声が漏れる。蓮さんの手は私の胸を包み、頂《いただき》を指先で刺激した。

「あ……っ」

「もう硬くなってる。優羽は本当に胸が弱いよね」

蓮さんは楽しそうに胸を刺激しながら、唇を深く重ねる。くちゅくちゅと舌を絡《から》められると、内側から熱が生まれるように疼《うず》き、秘部がすぐにしっとりしてしまう。

「誰も見てないから、ここでしよう」

「え……っ」

この部屋はホテルの中でもクラスが高く、ひと部屋がとても広いので、隣の部屋とはかなり離れている。それに肩の高さまであるベランダの柵の向こうは海だ。人に見られることはないだろう。

けれど、風に吹かれる中で体を重ねるなんて……と戸惑う。私が返事をする前に、蓮さんは私の着ているガウンの紐《ひも》をほどいて、肌を露《あら》わにさせた。

恥ずかしいのに抵抗できず、彼に与えられる甘い刺激に身を委《ゆだ》ねてしまう。

「月灯《つきあか》りの下で見る優羽の体も綺麗だな」

「そ、そんなことない」

「そんな風に恥じらう姿も可愛い。もっといじめたくなるよ?」

蓮さんは柔らかく笑うと、もう一度唇を塞《ふさ》いだ。口の中に彼の舌先が滑《すべ》り込んできて、そのまま私の舌に絡みつく。甘やかな水音を立てながら舌を絡《から》めている間に、お互いの息いが荒くなっていった。

「……はぁ……っ、あ……っ蓮さん……っん！」

「優羽……後ろ向いて」

唇を離すと、蓮さんは私の後ろに立って背中に唇を這《は》わせた。

「ん……あぁっ！」

キスされた箇所を風が撫《な》で、私は背を反《そ》らす。蓮さんの長い指は、濡《ぬ》れる私の秘所をゆっくりと弄《いじ》った。中をぐちゅぐちゅと掻き回す間にも、彼は私の背中に何度も唇を落とす。

いつもと違うシチュエーションのせいか、甘く痺《しび》れるような快感が生まれ、びくびくと体が震える。

「この体勢、好き？」

「ん……っ！　聞かないで……恥ずかしい……っ、あぁ……っ」

「だって優羽が俺の指を締めて離さないからさ」

蓮さんはクスッと笑って、さらに奥をクチュクチュと掻き回す。中の潤《うるお》いが増し、そのまま達してしまいそうになる。

「蓮さん……！　はぁ……っ、だめ……っ！」

「いくらでもイッていいよ。何回でも優羽を気持ちよくさせてあげるから」

「……あぁ……っ」

どこを刺激されたのかわからないけれど、指の刺激が強くなった瞬間に私は達してしまった。

脚がガクガクになって力が抜けた私を抱きとめ、蓮さんはそのまま私を抱き上げた。

恥ずかしくてまともに目を見られない私の額《ひたい》にキスをして、ぎゅっと抱きしめてくる。

「可愛いよ。イッた後の優羽、最高に可愛い……このまま後ろから挿《い》れるよ」

「えっ、後ろから？」

慌てて後ろを向こうとするが、口に指を差し込まれて前を向かされる。ぴっと袋を破く音が聞こえた。避妊具をつけているのだろう。

「指噛《か》んでいいよ。あんまり大きな声が出ると、人に聞かれちゃうかもしれないから」

「ん……っ！」

ぐちゅんと、後ろから中に彼自身を押し込まれた。

後ろからというのは初めてだ。いつも当たる部分とはまったく違う部分を圧迫され、感じたことのない熱にドキドキする。

「は……ぁ、後ろからだと優羽がすべて俺のものになったって気がする。最高にいいよ……背中もセクシーだ」

熱のこもった声で囁《ささや》かれ、ぞくぞくと甘い快感に溺れてしまう。

「んん……ふ……っ」

（またイッちゃう……！）

思わず、口の中でうごめく蓮さんの指に吸いつく。ちゅうっと吸うと、不思議な快感が全身に広がった。

「あ……ん！　……んっ、ふぅ……」

「……優羽、もしかしてそういうのも好き？」

彼は私の口から指を引き抜き、嬉しそうに濡《ぬ》れた指を見つめる。

「指じゃ細くて満足できないでしょ」

「え……？」

蓮さんが何を言っているのかわからず、振り向いてぽかんとする。すると彼はクスリと笑った。

「俺のも舐《な》めてみる？」

その言葉で、やっと意味を理解する。そうしている自分の姿を想像してしまい、火がついたように体が熱くなった。

ぶんぶんと首を横に振ると、蓮さんは優しく私の頭を撫《な》でる。

「まだ早いかな。いずれ、俺のを硬くできたらご褒美っていう風にするのもいいね」

言い終わると、彼はさっきよりも強く突き上げてきた。

「あぁっ！　はぁっ……やぁ……！」

攻め立てられ、恥ずかしいほどの水音と、打ち合う肌の音が耳に届く。羞恥《しゅうち》を煽《あお》られ、全身がとろけるほど甘い快楽に襲われた。

「優羽……っ、動けないくらい狭くなってる。緩めてくれないと……俺も限界になる」

（だって、もう波が押し寄せてて……耐えられない）

「やっ、あっ……イッちゃう」

「いいよ、イッて。優羽のイクところを何度も見たい……」

「ん……駄目……あぁ……っ！」

奥を何度か突き上げられ、指で達した時よりはるかに強い快感に体が震える。目の前が真っ白になり、がくりと膝から崩れ落ちた。

その瞬間、蓮さんが私の体を受け止めてくれる。彼は自身を引き抜くと、私をすくい上げるように抱き上げた。

「いい声でイケたね」

「……恥ずかし……」

まだピクピクと痙攣《けいれん》している私の肩にキスをして、蓮さんが耳元で囁《ささや》く。

「次はベッドで優羽をちょうだい」

「ん……蓮さんも気持ちよくなって」

彼の肩に腕を回し、落ちそうになる意識を必死で保ちながら、なんとか口にする。

彼は寝室に行き、綺麗に整えたベッドの上に私を寝かせてくれた。少しひんやりしたリネンの上は火照《ほて》った体に心地いい。

蓮さんはガウンを脱ぐと、避妊具をつけた後、ギシリと音を立ててベッドに上がった。

「ずっと外で風に当たってたけど、寒くない？」

脚を撫《な》でながら優しく尋ねられ、私はこくりと頷《うなず》く。

「平気、蓮さんが十分温めてくれたから」

「そっか」

ほっとしたように微笑むと、彼は私の脚を押し広げた。

「ごめん……もう我慢できない。加減はするつもりだけど、激しすぎたら言って」

「う、うん」

目を合わせながら、蓮さんがゆっくりと私の中に入ってくる。ぐちゅりという水音と熱を感じ、体を痺《しび》れさせる刺激に身悶《みもだ》えた。

「はぁ……っ」

蓮さんの逞《たくま》しい両腕を掴み、刺激の強さに耐える。彼は熱っぽいまなざしのまま、少し切なげな表情をした。

「気持ちいいよ、優羽の中……温かくて俺を全部受け入れてくれてる」

「私も……っ気持ちいい……。蓮さんと繋《つな》がってるのが嬉しい」

蓮さんの熱いものがさらに奥深くに達し、もうこれ以上ないほどにピタリと重なった。

私は彼の背中に腕を回して、この時間が長く続くようにと力を込める。

「優羽、そんなにしなくても俺は逃げたりしないよ」

困ったように蓮さんが笑っている。それくらい私は彼を繋《つな》ぎ止めるようにしがみついていた。

(わたし……っ、ずっとこのまま……蓮さんと一つでいたい)

そう思いながら、私はふと昼間聞けなかったことを口にしていた。

「ねえ、蓮さん……私のどこを……好きになってくれたの……?」

(こんなにも愛される理由が、私、まだよくわからない)

その質問に蓮さんは少し驚いて私を見る。

「そんなの……優羽以上に優しくて可愛い女性はいないからだよ。それに、俺の内面をかな」

とてもよく見てくれているしね」

（そうか、蓮さんは鉄仮面《てっかめん》の下の顔を見てもらいたかったんだ……）

蓮さんの言葉に納得し、私は笑顔で頷《うなず》いた。

「うん……私、蓮さんの内面も含めて、全部が好きだよ」

彼はふっと笑って私の額《ひたい》にキスを落とした。

「そんなに思ってもらえて、嬉しいよ。俺、優羽の忘れられない人を超えられたのかな」

「……っ」

未だに蓮さんは私の言ったトラウマになっている男性のことを気にしている。あの時に流れで言ってしまえたらよかったのに、どんどん言い出しづらくなって……結局、本当のことは胸に秘めたままだ。

「蓮さんが一番だよ。私の中で唯一の人……だからもう気にしないで」

「そっか」

蓮さんは安心したように目を細め、私の頭をぎゅっと抱えてキスをした。

「正直ホッとした。俺以外の男が優羽の心の中にいるなんて……やっぱり嫌だから」

そう言いながら蓮さんは私の奥をグッと突き上げる。子宮に響くその感覚は、不思議な充足感だ。

「は……ぁ、あぁっ」

私は言葉を返すこともできなくなって、何度も突き上げてくる彼の愛を受け止めた。

「優羽……愛してる、愛してる」

髪をくしゃりと撫《な》でながら、蓮さんは次第に腰の動きを速くしていく。

「優羽……っ」

次の瞬間、蓮さんが私の中で熱を放った。それに痺《しび》れ、私の体もびくびくと震える。

「あぁ……！　蓮さん……っ！」

「愛してるよ……優羽。心から……愛してる」

私の体を抱きしめたまま、蓮さんは力尽きたようにベッドに倒れ込む。

「蓮さん、私も愛してる……」

ゆっくり髪を撫《な》でてあげると、蓮さんはすぐに寝息を立て始めた。

（最近、本当に忙しくて、疲れてるのに……。私のために時間を作ってくれてありがとう）

私はシャワーを浴びるため、蓮さんを起こさないようにそっとベッドを下りた。

寝室を出ると、窓から静かな海が見える。その時、私の心から消えかけている高校時代のことを思い出した。

かつて私が片思いしていた相手を、蓮さんは気にしている。付き合う時間が長くなるほど、告白しづらくなりそうだ。

(もう封印してしまおうと思ったけど……やっぱりちゃんと言うべきなのかも)

次のデートにはこのことを告白しよう。そう心に決め、私はシャワーで体を洗い流してから、蓮さんが眠るベッドに戻った。

それからあっという間に数週間が経った。プライベートビーチでのデートの後、蓮さんの仕事は一層忙しくなり、デートできる時間は取れていない。

九月はじめの金曜日、ようやく蓮さんは土日が空《あ》くと電話をくれた。

「本当に!? 嬉しい! 明日、蓮さんはどこに行きたい?」

そう聞くと、蓮さんは少ししゃがれた声で『優羽の行きたいところにしよう』と答えた。

「蓮さん……もしかして、喉《のど》が痛い? 風邪を引いたの?」

『いいや、ちょっと疲れが出ただけだよ』

「熱は測った?」

『……いつもより少し高いくらいだったかな。動くには問題ないよ』

しぶしぶといった様子で、蓮さんは答える。素直に言わないが、この様子では、しっかりと風邪を引いているらしい。

「だめだよ。月曜からの仕事に差し支えるでしょ。週末はゆっくり体を休めよう。私が蓮さんのマンションに行って看病するから」

『優羽が看病してくれるのか。それはそれで、ちょっと嬉しいな』

ほっとしたような声を聞いて、私も嬉しくなる。

「じゃあ体に優しいものを買っていくね」

『うん……待ってる』

次の日。私は風邪によさそうな食材と風邪薬を買って、蓮さんのマンションを訪れた。

部屋に入ると、いつもは片付いている彼の部屋がちょっと荒れていた。ここのところ不調だったから、ハウスキーパーさんにうつしてはいけないと、依頼を遠慮していたらしい。

「蓮さん、こんなに体調悪かったなんて……気づかなくてごめんね」

ソファに横になっていた蓮さんに近寄り、私は彼の額《ひたい》に手を当てる。電話で言っていた通り、熱はあまりないみたいだ。最近少し涼しくなってきたからか、夏の疲れが出たのかもしれない。

「優羽が来てくれたから、だいぶいいよ」

「そう？」

（そう言ってもらえると嬉しいな）

私は部屋を簡単に片付けて、台所に立つ。果物なら食べやすいだろうと、まず梨を剥《む》いた。

一口食べて、蓮さんは嬉しそうに微笑む。

「おいしい。梨ってこんなに甘かったっけ」

「食べてもらえてよかった。でも……ベッドに行かなくていいの？　ソファでは十分に休めないでしょ」

「ん……ソファで大丈夫だよ」

ソファの隣にあるローテーブルには、ノートパソコンとスマートフォンが置かれていた。寝ながらも仕事に対応しているのだろう。

「優羽……そばに来て」

蓮さんが私の方へ腕を伸ばす。私がすぐそばに行くと、蓮さんはぎゅっと抱きしめてくる。

かすかな汗とシャツの香り。彼に包まれているだけで何故か私の方が安心してしまう。

「蓮さんの体、熱いね」

「優羽はちょっとひんやりしてて、気持ちいいよ」

「ふふ」

とくとくと、蓮さんの鼓動が伝わってくる。心地いい温かさに包まれながら彼の胸に耳を当てていると、不意に唇を指ですっと撫《な》でられた。

「蓮さん？」

「今はこれが精一杯かな」

蓮さんは私の口を自分の手で覆《おお》うと、その手の甲にキスをする。

「直接キスしたいけど、風邪をうつしたらいけないから」

そんなことを言われ、私の方が我慢できなくなってしまった。

「キスくらい、いいよ」

「え、優羽……駄目だって」

「大丈夫。私、風邪はほとんど引かないんだ」

私は蓮さんの手をぎゅっと握ると、自分からゆっくりとキスをした。熱で火照《ほて》った彼の唇は柔らかくて、少し熱い。

「ん……」

一度唇を離し、お互い欲するようにもう一度深く唇を重ねた。

会えない時間があると、その間に伝えられなかった思いが積み重なって、会えた時に爆発してしまう。蓮さんが熱を出しているというのに、私は耐えきれなくなって蓮さんの鎖骨にキスをした。すると蓮さんも体を起こし、私のブラウスのボタンを外しはじめる。

（私も、もっと触れていたいけど……）

「悪化するといけないから、もうそろそろ……」

私の胸に手を伸ばす蓮さんを止めたが、そのままソファに押し倒される。驚くほどの力で押さえられ、私は彼を見上げた。

「蓮さん……どうしたの？」

「今日しなかったら、次に会えるの、いつになるかわからない」

「いつだって会えるよ。私は蓮さんの都合に合わせられるんだから」

私がそう言うと、蓮さんは切なげな表情を浮かべる。私の腕を掴む手の力が弱まった。

「優羽……俺の仕事のせいで、あまり会えなくてごめん」

「気にしないで。蓮さんは忙しくても、私のことを忘れたりしないでしょう。大事にしてもらっていることがわかるから、会えなくても耐えられるよ」

私の偽《いつわ》りのない本音だが、蓮さんの表情は暗いままだ。

「そう言ってくれるのは嬉しいけど、来週は海外にも行かないといけないし……。優羽に寂しい思いばかりさせてるのは辛い」

蓮さんはぎゅっと私を抱きしめる。私は熱を持った彼の体を抱きしめ返した。

「蓮さんが私をこんなに気遣ってくれてるんだもの、大丈夫。本当だよ。海外に行ってもメールをもらえたら、私、それだけで嬉しいから」

（そりゃあ、寂しくないと言ったら嘘になるけど……まるっきり会えないわけじゃないし）

「優羽……」

蓮さんはさらに強く私を抱きしめ、耳や頬に何度もキスをして、ため息にも似た吐息を漏らした。

「次に会ったら絶対喜んでもらえるようにする」

「うん、楽しみにしてるよ」

「体調が悪くなったら遠慮せずに連絡して。間違いなく俺のせいだから」

蓮さんは大真面目にそんなことを言う。

「ありがとう」

お礼を言いながらも、私は絶対健康でいようと決心する。体調を崩したりなんかしたら、彼はきっと心配して、忙しい日でも看病に来てしまうだろうから。

「蓮さんが眠るまで私もここで横になっていていい？」

「ん……寒くないように毛布もちゃんとかけてね」

ソファに横たわると、蓮さんは私も毛布の中に入れてくれる。

私は彼の腕の中でゆっくり目を閉じながら、さっきより少し速くなった鼓動を聞く。

そんな私の髪を、蓮さんは優しく撫《な》でてくれた。

その心地よさにうっとりしながらも、私は罪悪感で胸が痛くなる。

(今日もやっぱり過去のことは言えそうにないな)

蓮さんの体調が悪い日に言うことなんて、絶対にできない。でもこうしている間にも、秘密というおもりはどんどん重くなっていく。

(次こそ……次の時こそ言うから……)

蓮さんとの時間は、私には一瞬一瞬がすべて大切だ。当たり前の日なんかない。これがずっと続くとしても、私はきっと毎日を宝石のように扱うだろう。

蓮さんの腕に抱かれながら、私はこんな穏やかな日がいつまでも続きますようにと、心から願った。


日が経つのは速く、十月に入り、私の契約期間も残り一月《ひとつき》を切った。出張が続いている蓮さんとはなかなか会えない日々だ。

過去のことも告白できないままになっている。

(蓮さんが、どんな反応をするのかは心配だけど……いつまでも黙ってるわけにはいかないしね)

私の中では次の仕事が決まったら……と決意を固めている。

以前から行きたいと思っていた会社は、最終面接の結果を待っているところだ。

（いろいろ、蓮さんに伝えたいんだけど……）

実はここ最近、彼の様子が変で、気になっている。

電話には出てくれるし、普通に話もするけれど、どこか元気がない気がする。

（どうしたのって聞いても何もないって言うし……）

一番気になるのは、休日に誰かと会っているみたいだということ。休日でも仕事で忙しい日があるのは前からだけど、人と会う約束があると言って電話が通じないなんて、今まではなかったことだ。

「ねえ、蓮さん。やっぱり何かあったんじゃない？　……どうしたの？」

夜の電話でもう一度尋ねると、蓮さんは諦めたようにため息をついた。

『不安にさせてごめん。優羽にどうしても話さなきゃいけないことがある……。明日、優羽のアパート近くの公園で話せない？』

「いいけど、寒いよ？　うちに来たら？」

『いや……外で話したい』

その深刻な声色を聞き、私は不安に駆られる。

（もしかして……別れ話？　でもなんで？　全然理由がわからない。それとも何か仕事で大きな動きがあるのかな……）

不安な気持ちは募《つの》るばかりで、私は朝まで眠れない時間を過ごした。

蓮さんは約束の時刻ぴったりに、私のアパートの近くにある公園に来てくれた。手を繋《つな》いで他愛もない話をしながら歩く。以前と何も変わらないようにも思えるけれど、不安は拭《ぬぐ》えない。

（話って、本当に何なんだろう？）

聞きたいけど、聞いたら今の穏やかな空気が壊れるんじゃないかと怖くて、口にできない。

ちらりと視線を上げると、蓮さんも私を見た。

「優羽、喉渇《のどかわ》かない？　何か買ってこようか」

「あ……そうだね。じゃあ、コーヒーをお願いしようかな」

「うん」

「買ってくるから、優羽はあのベンチで休んでて」

蓮さんは私の手を離すと、少し先にある木陰のベンチを指さした。

「うん、ありがとう」

私は素直に頷《うなず》き、木陰にあるベンチに腰を下ろした。すぐに戻ると言った彼の背中を見つめ、ふと寂しい気持ちになる。

こうして一緒にいる時間が長くなるほどに、万が一のことを考えてしまって怖くなるのだ。

(幸せになると、今度は失うことを恐れるようになるんだな……)

そんなことを思っていると、ジョギング中らしき格好の男性が私の前を通りすぎた。

その男性はなぜか何度か私の前を行き来して、ちらちらと視線を送ってくる。

(なんだろう？　私、何か変かな……？)

居心地が悪くて顔を伏せたところで、その男性が声をかけてきた。

「ねぇ、もしかして……」

「え？」

顔を上げると、その人は私をまじまじと見つめて首を捻《ひね》っている。その仕草には覚えがあり、過去の記憶がふっとよみがえった。

「あ……バスケ部の……」

蓮さんと同い年の佐藤《さとう》先輩だ。

「やっぱり須藤だよな。雰囲気がすごく変わったから、人違いかと思ったよ」

「そ、そうですか？」

「うん、顔立ちがはっきりしたっていうか……美人になったじゃん」

「あ……」

（人違いって言っておけばよかった）

後悔するものの、時すでに遅し。佐藤先輩は昔、私を顔が薄いと言って笑った人だ。

（どうしよう……蓮さんが戻ってきたら、なんだかややこしくなりそう）

「すみません、私、急ぐので」

私は立ち上がり、その場を離れようとする。しかし佐藤先輩は私の前に立ちはだかった。

「さっきまでゆったりしてたじゃん。何で急ぐの？」

「ええと、それは……」

返答に困っていると、そこに蓮さんが戻ってきてしまった。手には缶コーヒーが二本握られている。

「優羽、どうした？」

「あ、その……」

「あれー、桐原じゃん？」

佐藤先輩は当然、蓮さんにも気がついた。蓮さんは一瞬怪訝《けげん》な顔をしたが、すぐに彼が高校時代の同級生だとわかったらしい。

「ああ……佐藤か。久しぶりだな」

「あの、蓮さん、ちょっと……！」

佐藤先輩が余計なことを言う前に、ここを離れたい。そんな私をよそに、彼は久しぶりに蓮さんに会えたのが嬉しいようで、話しかける。

「偶然すぎだろ。卒業以来だよな」

「ああ、確かに」

「っていうかお前、あんだけこっぴどく振っておいて、なんで今さら須藤と会ってんの？」

その言葉を聞いた瞬間、頭から冷水をかけられたかのような心地になる。

言われたくないことを、真っ先に言われてしまった。

私は今すぐこの場を逃げ出したい衝動に駆られる。

「……何のことだ？」

蓮さんは意味がわからないといった表情で、私に視線を向ける。

「そういえばあの時もお前、『須藤って誰？』って言ってたよな。まさか須藤が誰かわからないまま会ってんの？」

こんなふうに過去を晒《さら》されることになるなんて、思いもしなかった。最悪な形だ。私はもう声を出すこともできない。

「何を言ってるのかさっぱりわからない、どういうことだ？」

「須藤は高校時代お前に告った、バスケ部の後輩だよ。もしかして運命の再会でもしたの？」

その言葉で、蓮さんはハッと目を見張る。そして佐藤先輩の腕を掴んだ。

「……佐藤、あっちで話そう」

蓮さんは佐藤先輩を連れて少し離れた木の下に行く。そこで向き合うと何か話をしはじめた。

（どうしよう……私から言うつもりだったのに）

しばらくして、蓮さんは一人、動けずに固まっている私のもとへ戻ってくる。佐藤先輩はムスッとした表情で立ち去っていった。

蓮さんは悲しげな表情で、ふうと一つ息を吐く。そして私に缶コーヒーを渡すと、私を促《うなが》してベンチに座った。

「優羽が言ってた、トラウマを作った片思いの相手って……俺だったの？　優羽はもちろん、俺のことを覚えていたんだよね？」

「実は……そうなの」

「全然気がつかなかった。ごめん」

「私こそごめんなさい。今まで、ちゃんと話をしなくて」

蓮さんは私を嘘つきだと思うだろうか。騙《だま》されたと思うだろうか。そう思われても仕方ない。

黙って項垂《うなだ》れていると、蓮さんは私の手をぎゅっと握った。

「そうか……俺は派遣の顔合わせの時、初めて君に会ったとばかり思ってた。今も……ごめん、高校時代のことは思い出せなくて」

「そうだよね」

蓮さんは缶コーヒーを一気に飲み干して、立ち上がった。

「話したいことがあったんだけど、また今度にするよ」

「今度でいいの？」

「これ以上、優羽を不安にさせるわけにいかないから」

どういう意味だろう。気になったけど、蓮さんはもうこれ以上話すつもりはないようだ。

（もしかして、私が過去の話をしなかったこと、怒ってるのかな）

私は気になったけれど聞くこともできず、俯《うつむ》いてしまう。すると、蓮さんは少し笑って私の頭を撫《な》でた。

「さっきの佐藤から聞いた話。優羽だって黙ってるの苦しかったろ……俺は気にしてないからそんな顔しないで」

「本当？」

「当然だろ」

彼は私を抱き締め、愛おしげに頬を寄せてくる。その仕草から、彼の心がちゃんと私にあるのがわかって、ホッとする。

「優羽を傷つけた分も、今まで以上にちゃんと愛していきたい」

「傷つけたなんて……思わないで。もう昔のことなんだから」

「優羽は優しいな」

彼はそう小さく呟《つぶや》いて私の額《ひたい》にキスをした。

視線を上げて蓮さんを見ると、悲しげな笑みを浮かべている。

「蓮さん……」

なぜだか胸がざわっとする。

（これっきりなんてことないよね？　……ううん、蓮さんを信じよう）

そう心に決め、私は必死に涙を我慢した。

それから数日、蓮さんから連絡がない日が続いた。そういうことは今までもあったけれど、あんなことがあったから、すごく気になってしまう。それに、会社でも彼の姿をまったく見ていない。忙しくて無理をしたりしていないだろうか。

仕事中にそんなことを考え、集中できていないことに気がつき、私はハッとした。

（いけない。集中しなくちゃ）

私は冷たいお茶を一口飲むと、気を取り直して仕事に没頭した。

——お昼休みのチャイムが鳴り、机の上を軽く片付けながら、小さなため息を漏らしてしまう。すると、パコンと軽く頭を叩かれた。

「こら、暗いよ。どうしたの?」

振り向くと、紙を丸めた筒を持った雅が困り顔をして立っている。

「雅……」

雅の顔を見た途端、急に涙腺が緩みそうになる。私は慌ててグッと息を呑み込み、なるべく明るい表情を作った。

「あは……暗かった? 最近眠りが浅くて、疲れが抜けてないのかも」

「ふーん。さては彼氏と何かあったんでしょう」

「っ!」

図星を指され、私は言葉に詰まる。雅は呆れたように肩を落とした。

「優羽、目の下にクマができてるよ。かなり悩んでるんでしょ」

「……うん」

「お昼ご飯食べながら、話聞くよ。ほら、行こう」

雅に促《うなが》され、会社の食堂では話しづらいからと社外に出た。喫茶店に入り、雅と向かい合って座ると、蓮さんの名前は伏せて事情を話す。

「そっか……優羽の彼氏って、高校時代に一度フラれた相手だったんだ」

「うん、向こうは昔のこと覚えてなくて、言うタイミングを逃《のが》しちゃってね。そのまま付き合ってたんだけど、この間、偶然高校時代の先輩と出くわして……私が当時、彼に告白したことをバラされちゃったの。それ以来、彼から連絡がなくて」

「そりゃ気まずいね。優羽は過去の話のせいで連絡がないと思っているの？」

「ううん……。彼が連絡してこないのは、きっと私の知らない事情があるんだと思う。仕事も忙しいみたいだし、無理してないか心配で……」

　雅は頬杖をつきながらくすっと笑った。

「本当に好きなんだね。その彼が」

「うん。もう困っちゃうくらい、好きなんだ」

　再会してから蓮さんと過ごした時間は、過去の傷を癒《いや》すのに十分なものだった。彼は温かく、優しく、そして仕事に情熱を注《そそ》ぐまっすぐな人だ。彼がくれた愛は私の心にも体にもしっかりと届いている。

(連絡がないのは、あの日私に話そうとしたことが理由だよね……きっと)

　考え込む私の頭を、雅がやれやれという顔で軽く撫《な》でた。

「その彼氏が羨《うらや》ましいよ。優羽に、そんなに深く愛されてさ」

「そう……かな」

「そうだよ。優羽は自分が不安でも、相手のことを心配してて、すごい。普通は相手が冷めちゃったんじゃないかとか、浮気してるんじゃないかとか心配になるものじゃない？　その彼にはもったいないくらいだよ」

「そんなことはないんだけど……ありがと」

知り合ってまだ日が浅いのに、雅の優しさが染みる。

そこで彼女は、「それにしても」と頬を膨《ふく》らませた。一連の流れを話した途中でも険《けわ》しい顔をしていたが、ご立腹らしい。

「優羽の高校の元先輩、ムカつく！　そういうのがいるから、女は自分に対して厳しくなってしまうんでしょうよ。痩《や》せなくちゃとか、綺麗にならなくちゃとか、自分を追いつめる子が増えちゃうの！　本来なら、自分磨きは自分のためにするものでしょ？　メイクだってダイエットだって、自分が幸せになるために、自分を向上させる手段じゃない。それなのに男受けを考えて無理なダイエットをしたり、必要以上に顔をいじったり……。そういう女の子を見ると、私、なんだか悲しくなるんだよ」

「雅……」

雅の言う通りだ。他人の目を気にして、自分を取り繕《つくろ》う必要なんてない。

私は高校時代のトラウマを言い訳に、自分の顔に仮面をつけてしまった。綺麗になったと言われても、どこか後ろめたいのはそういう理由だったのだ。

私を馬鹿にした男性を見返したい、桐原先輩が後悔するくらいになりたい。

そんな気持ちでメイクに力を入れてきた過去を振り返る。

自分のために心から楽しんでメイクをしてきたのだったら、昨日あの場でもっと何か違うことを言えたのかもしれない。

そんな自分を受け止めると、心の中が少しすっきりする。

そして雅が私の話を真剣に聞いてくれた感謝で、胸がいっぱいになった。

「雅、話を聞いてくれてありがとう」

「うむ、よかろう。また何かあったら、遠慮なく話してくれたまえ」

突然変な話し方をした雅に、思わず笑ってしまう。すると彼女も頬を緩めた。

「優羽、やっと笑った！　よかった」

二人で笑い合いながら食事を終え、昼休み終了時刻ギリギリまで話をして職場に戻る。

雅のおかげで元気を取り戻した私は、午後の仕事をしっかりこなし、朝よりずっと軽い足取りで会社を出た。


仕事を終えてアパートに着く頃には、すっかり日が暮れていた。部屋の前でカバンの中にある鍵を探していると、後ろにふと人の気配を感じた。

（もしかして……っ）

私は蓮さんかと思い、勢いよく振り返る。

すると、そこに立っていたのは、意味深な笑みを浮かべた蓮さんの弟――翔也さんだった。

「やあ、お仕事お疲れ様。ごめんね、兄貴じゃなくって」

「翔也……さん。ど、どうして私のアパートを知ってるんですか？」

「優羽ちゃんと二人っきりになりたくてね。会社を出たところから、ついて来ちゃった」

そう言った翔也さんの顔は、綺麗なのにどこか歪《ゆが》んでいて、なんとも言えない嫌な感じがする。

この人が蓮さんと兄弟だなんて、信じられないくらいだ。

「それより、ちょっと優羽ちゃんに話しておきたいことがあるんだけど、部屋に入っていい？」

「話しておきたいことって、なんですか？」

「優羽ちゃんにとって大事なことだよ。ちょっと込み入った話だから、部屋に入れてよ」

意味深な雰囲気で言われ、彼の話がなんなのか気になってしまう。しかし話を聞くにしても、こんな危険な人を部屋に上げるわけにはいかない。

私はドアに背を向け、翔也さんを睨《にら》み上げた。

「部屋はだめです。話なら、ファミレスで聞きますよ」

「ファミレス？　御曹司の俺が、そんな安っぽいところに行くと思うの？　俺の知ってるバーか優羽ちゃんの部屋じゃないと、話したくないなぁ」

（なんて強引なの）

でも、これ以上は譲《ゆず》ってもらえそうにない。私は仕方がなく、予防線を張って提案を呑むことにした。

「お酒は飲みませんよ」

私が警戒心を露《あら》わにしているのを見て、翔也さんはくくっと笑った。

「大丈夫、本当に今日は話をしたいだけだから。兄貴のね」

「……副社長の？」

蓮さんの話と聞いて、一層気になってくる。翔也さんの話を全部信じるつもりはないけれど、もしかして連絡を取るきっかけくらい掴めるかもしれない。

「わかりました。一時間だけお付き合いします」

「了解。じゃ、行こうか」

私はカバンを肩にかけなおし、翔也さんの後ろを静かについて行った。

翔也さんに連れてこられたバーは、隠れ家的な落ち着いたお店だった。

お客さんを見ると、みんな、静かに顔を寄せ合うようにして話していた。恋人同士というような雰囲気だ。

「優羽ちゃん、カウンターでいい？」

「はい」

隣に座ると、必然的に距離が近くなってしまう。テーブル席を探したが、空《あ》いていないようだ。

（仕方ない。話を聞いてさっさと帰ろう）

翔也さんとカウンター席に並んで座る。彼が私のために軽めのカクテルを頼もうとするのを遮《さえぎ》り、オレンジジュースを頼んだ。店員さんは素早くドリンクを提供してくれる。

「そんなに警戒しなくてもいいのに」

翔也さんはニヤニヤ笑うと、ジン・トニックを一気に呷《あお》った。

「んー、うまいっ」

「そんな一気に……大丈夫なんですか？」

「心配してくれるの？」

私の顔をじっと見て、にこりと微笑む。この天使のような笑みに、一体何人の女性が騙《だま》されてきたんだろう。

あのパーティーでのことがなければ、私だって、この笑顔に騙《だま》されていたに違いない。

「あ、何か失礼なこと考えたでしょ」

「い、いえ……別に」

私は視線を逸《そ》らして、オレンジジュースに口をつける。

すると翔也さんは、ぽつりと呟《つぶや》いた。

「兄貴は罪なやつだよ……付き合って早々、こんないい子を泣かせることをするなんて」

「え？　どういう意味ですか？」

（っていうか、翔也さん、私と蓮さんが付き合ってることを知ってたんだ。蓮さんが言ったのかな）

翔也さんはグラスに添えられていたライムをかじり、店員さんにおかわりを頼んでから、もったいぶるように黙り込む。

私が動揺しているのを楽しんでいるみたいだ。私は苛立《いらだ》ちを隠せず、声を尖《とが》らせてしまう。

「翔也さん、話ってなんですか？」

「そうカリカリしないで。兄貴のことは諦めた方がいいよって、わざわざアドバイスしに来てやったんじゃん」

「どうして諦めなきゃいけないんですか？」

翔也さんは胸ポケットから一枚の写真を取り出し、私の前に置く。それを見て、私は息が止まりそうになる。

（白鳥……さん？）

長い艶《つや》のある黒髪、色素の薄い肌。折れそうなほど細い手脚……

かなり大人っぽくなっているけれど、写真に写っているのは白鳥玲奈さんだ。高校時代、蓮さんと付き合っていた人。写真の彼女は、大きなスーツケースを手に、空港から出るところだ。

「彼女、この間、ヨーロッパから帰国したんだよ」

新しいジン・トニックに口をつけながら、翔也さんはそう言った。

「そう……なんですか」

私の誕生日に、蓮さんのスマホにメールが来ていたのを思い出す。それが白鳥さんからのメールだという確証はないし、気にしないようにしていたけれど、どうにもならないくらい胸騒ぎがする。

「この人、大企業の令嬢だって知ってた？」

「いえ……」

「ここ数年、彼女――玲奈さんの実家である白鳥家では、優秀な婿養子を募集中でね。

兄貴はその候補に入っているんだ。玲奈さんは高校時代に兄貴と一度付き合っていた。彼女の海外留学をきっかけに自然消滅したらしいんだけど、お互い嫌いで別れたわけじゃないから」

「でも、蓮さんは会社を継ぐのでしょう？」

蓮さんが尊敬しているお父様の仕事。あの会社を継ぐのが彼の誇りであり、希望のはずだ。

条件がいいから婿養子に入る、というものでもないだろう。

でも、翔也さんはそう考えてはいないらしい。

「うちは彼女の家に比べたら小さいしね。あっちから兄貴が必要だと求められたら、親父は断れないんじゃないかな？」

「お父様が……」

（蓮さんはお父様を尊敬してる。そんなお父様から縁談を受けてほしいと頼まれたら……断れないのかな）

そうなったら、私は彼と別れるしかない。

そんな考えが頭によぎり、私はオレンジジュースをぐっと一気に飲んだ。

「いい飲みっぷりだね。次はお酒にする？」

翔也さんは私の顔を覗《のぞ》き込み、瞳を煌《きら》めかせる。

「悲しければ泣いてもいいんだよ？」

「……泣きませんし、お酒は飲みません」

私が唇を引き結ぶと、翔也さんはふふと小さく笑って自分のグラスを傾けた。

「そういうわけで、うちの会社の次期社長は俺になる可能性が高くなったよ。優羽ちゃん、今のうちに俺の彼女になっちゃえば？」

信じられない言葉に、私は目を見張る。

「何を言って……」

「優羽ちゃんなら、嫁にしてもいいって思ってるんだけどな」

ふざけた調子で笑う翔也さんに、私は愛想笑いすらできない。握った拳《こぶし》に嫌な汗がにじむ。

「私、お付き合いする人をポジションで選んだりしません。それに、私は蓮さんと付き合っているんです。……他の人となんて、冗談でも考えられません」

私の答えに翔也さんはフンッと鼻を鳴らし、残りのジン・トニックを飲み干した。

「まあ、現実を見ないと信じられないっていうのはわかるよ。そのうち会社でも話題になるだろうし、気が変わったらいつでも連絡してきて」

「気が変わることなんてないですから！」

「威勢がいいね。最初から思ってたけど、そういう優羽ちゃんのまっすぐなところが好きだよ」

　私が本気で怒っているのに、翔也さんはまったく応《こた》えていないようだ。にこやかな笑みのまま、自分の携帯番号が書かれた名刺を私の手に握らせてくる。そして私の耳元で囁《ささや》いた。

「ま、忠告は聞いておいた方がいいよ。白鳥のお嬢様と戦おうなんて、考えない方がいい。変に逆らうと、優羽ちゃんだけじゃなくて、兄貴の立場だって危《あや》うくなるからね」

　その声には、どす黒い何かが込められているように聞こえ、私はぞっとした。

「戦うなんて考えてないですよ。だって……選ぶのは蓮さんですから」

「兄貴は白鳥さんを選ぶ。あの二人は結ばれる運命だからね。結婚も時間の問題だよ」

　そう言って突然立ち上がると、翔也さんはバーから出て行った。

　取り残された私は、お会計を済ませて店を出る。

　自宅に向かって歩きながら、翔也さんの話を思い出していた。彼が何を根拠に蓮さんと白鳥さんが結婚すると断言するのかわからない。

（蓮さんがそんな簡単に結婚を決意するかな？　翔也さんの言い分だと、まるで白鳥家の会社が目的のようだけれど、彼がそんな決断をするとは思えない）

　蓮さんの性格を考えたら、ありえないと思ってしまう。ただ、彼が白鳥さんに思いを残していて、事情があって別れたのだとしたら……再会して気持ちが再燃することもあるかもしれない。

不安な気持ちが急に膨《ふく》らみ、無性に蓮さんが恋しくなる。

(蓮さん……会いたい。会って、翔也さんの話がすべて嘘だと言って欲しい)

そんな私の心の声が聞こえたかのように、アパートに戻った途端、蓮さんから電話が入った。私は慌てて電話を取る。

「蓮さん⁉　元気なの？　連絡がないから、すごく心配したよ」

『優羽、心配かけてごめん』

蓮さんの声を聞けて、私はほっとする。

『何か変わったことはない？』

そう尋ねられて、私は一瞬迷ったが、正直に話そうと決めた。やはり本人の口から話を聞くのが一番だ。

「うん……実はさっき、翔也さんに会って」

『翔也に？』

「蓮さんは白鳥さんとの縁談が進んでるから、諦めろって……。翔也さんの話は嘘だよね？」

すぐに否定してくれると思っていたのに、蓮さんは少し沈黙した。

『……その話は本当だ』

「え？」

思いもよらない言葉に、私の心が一瞬にして冷える。先日公園で話そうとしたのは、このことだったのだろうか。

『でも必ず優羽のもとに戻る。俺を信じて、待っててくれる？』

その声からは、私が大好きな蓮さんの芯を感じられた。私はスマホを手に深く頷《うなず》く。

「うん、待ってる。私には……ずっと蓮さんだけだよ。約束する」

『俺だって、優羽以外の女性と結婚することは考えてない。でも彼女とは、ちょっとした事情があって……ごめん。詳しくは言えないんだけど』

「そっか……」

その『ちょっとした事情』というのが、気にならないと言ったら嘘になる。けれど、蓮さんが私に待っていてほしいと言ってくれたのは心強い。この約束を胸に私はずっと彼を待っていられる。

「蓮さん、必ず迎えにきてね」

『うん、優羽もいい子で待ってて。愛してるよ』

「私も、愛してる」

最後はちょっと笑いが漏れるほど和《なご》やかな雰囲気になり、私たちは電話を切った。

私はスマホを握りしめ、彼と過ごした幸せな数ヶ月を思い出す。

(私は蓮さんを信じるしかない……。大丈夫、信じられる)

私はベッドで丸くなって、泣きたい気持ちをぐっとこらえて無理やり目を閉じた。


次の日は朝から、いつも通り仕事を淡々とこなした。

そうして気づけば、十月の末——派遣の最終日を迎えていた。雅は寂しがってくれて、営業部のみんなも『お疲れ様』とねぎらいの言葉をかけてくれた。

次の仕事も、ずっと行きたかった会社から内定をもらっていて一安心だ。来週、処遇などの最終確認をすることになっている。

(とにかく、今日を終えるまで集中してがんばろう)

気合いを入れ直してパソコンに向かっていると、デスクの電話が鳴った。

「はい、須藤です」

『受付です。須藤さんを呼び出してほしいという方がいらしているのですが』

派遣社員の私を訪ねてくる相手なんて、心当たりがない。私は首を捻《ひね》る。

「心当たりがないのですが……どなたで、どういったご用件なのでしょう？」

『それが、お名前も用件も、須藤さんに会ってから言いたいとおっしゃっていて……。おそらくなんですが……あの方、白鳥家のお嬢様だと思います』

「え……」

（白鳥さんが、私に会いに？　どういうこと？）

ちょうどその時、お昼休み開始のチャイムが鳴る。私は急いでロビーに行った。

するとそこには、真っ白なワンピースに身を包んだスレンダーな女性が立っていた。

彼女は私を見るなり、にこりと微笑んでお辞儀をする。

白鳥さんは私の顔を知っているようで、確認もせずにすぐ話しはじめた。

「仕事中に呼び出したりしてごめんなさい、須藤さん」

「いえ。でも、手短にお願いしたいのですが」

「高校時代は接点がなかったのに、こんなところで会うことになるなんて、不思議な縁ね」

「そ……そうですね」

白鳥さん本人を前にして、私は動揺を隠せない。

一方の彼女は余裕たっぷりの笑みを浮かべ、名刺を差し出した。

「今日の夜、お時間はあるかしら？　二人っきりでお話しさせてほしいの。仕事が終わったら電話をくれない？」

「お話って……なんでしょうか？」

「言わなくてもわかるでしょう？　ここの副社長さんのことよ」

（やっぱり、そうか）

私は一瞬沈黙し、そのまま静かに頷《うなず》いた。

「わかりました。仕事が終わりましたら電話しますので」

「ありがとう。待ってるわね」

怖いくらいに美しい笑みを浮かべ、彼女は受付にもお辞儀をして会社を出て行った。

残された私は、しばらく立ち尽くしてしまう。もらった名刺を見ると、彼女は今フリーの通訳として活躍しているようだ。

年齢は一つしか変わらない人なのに、すごく大人の女性を見た気分だった。昔と同じで蓮さんの隣に立つ女性としてふさわしいように見える。

蓮さんと約束をしていなければ、私はくじけていたかもしれない。

(気はすすまないけど、白鳥さんから蓮さんが言わなかった『事情』を聞けるかも)

蓮さんに連絡しようか迷ったが、会わなくていいと止められる気がする。彼女の話が何なのかとても気になった。私は、彼には黙って、白鳥さんと会うことにした。

白鳥さんと会うことを決めると、私は営業部のフロアに戻って、ここでの最後の仕事に集中した。


終業時刻になり、私は契約満了を迎えた。机を片付け、お世話になった営業部の人たちに挨拶《あいさつ》をしてお菓子を渡すと、会社を出る。最後の日だというのに心がまったく穏やかじゃない。

白鳥さんに電話をしたら、会社の近くの喫茶店にいるという。さっそくそこへ向かうと、彼女はちょうどお店から出てきたところだった。

「お疲れ様。さあ、レストランへ行きましょう」

「あの、話すだけならこの喫茶店でもいいんじゃないですか？」

「でも会社の近くでは、ちょっと話しづらいでしょ？」

白鳥さんと食事をしたいとはまったく思わないが、彼女の言うことは一理あった。

今日は、家賃の支払いのためにお財布の中にいつもより多めにお金を入れている。白鳥さんと食事をしても、支払いに困ることはないだろう。意を決し、私は頷《うなず》いた。

「……そうですね。では、お付き合いします」

「ありがとう。行きつけの店を予約しておいたの。そこに行きましょう」

白鳥さんは専属の運転手を呼び、私を乗せてお店へ移動した。

車内では無言で、白鳥さんは窓の外を見ている。彼女はやはり美しく、こんな女性に迫られてぐらっとこない男性なんていないないだろう。

（蓮さんは高校時代、白鳥さんのどんなところを好きになって、付き合っていたんだろう）

そんなことを考えているうちに、車はお洒落《しゃれ》なレストランの前で停まった。

白鳥さんは得意げな笑みを浮かべ、車から降りる。

「三ツ星レストランだからきっと気に入ってもらえると思うわ」

「あ……はい」

白鳥さんと食事をして、料理が喉《のど》を通るのか。味なんてわからないかもしれないと思いながら、私はそのお店に足を踏み入れた。


一日数組しか予約できないというレストランの個室で、私と白鳥さんは向かい合ってワインを飲んだ。料理はすごく繊細な盛り付けで、丁寧に作られているのはわかったけど、味はやはりよくわからなかった。

白鳥さんは無言で、静かに料理を食べ進めていく。彼女にならい、私も黙々と料理を口に運んだ。

メインディッシュの皿が下げられたところで、白鳥さんはようやく口を開いた。

「お料理もいただいたことだし、そろそろ本題に入っていいかしら」

「ええ、どうぞ」

「では、端的に言うわね。桐原蓮と別れてくれないかしら」

「……っ」

唐突な言葉に一瞬、喉《のど》が詰まる。私は慌ててコップを手にし、水を飲んだ。

「ごほ……っ。あの、それは蓮さんと話すべきことではないですか？」

「そうね、彼とも話はしているけど。諦めの悪い須藤さんに、未練がましくつきまとわれると迷惑なのよ」

静かで上品な口調だけれど、彼女は獰猛《どうもう》な牙《きば》を持つ獣《けもの》のように私を攻撃してくる。きっと私の心を折るためにこの機会を作ったのだろう。

「お言葉ですが、私がいつ未練がましいことをしました？」

白鳥さんは私を見据《みす》えると、かすかに唇の端を上げた。

「一度振られておいて、今さらまた彼にアプローチするなんて……未練があるとしか考えられないでしょう」

白鳥さんは私が蓮さんにかつて振られたことも知っているらしい。

「彼とは偶然再会して、それからご縁があったんです。決して彼に付きまとっていたわけではありません」

(彼への思いが消えていたといったら嘘だけど、それは未練とは違うでしょう)

テーブルの下で拳《こぶし》を握りしめ、悔しさを我慢する。感情的になっては駄目だ。

白鳥さんは私が反論したことが面白くないのか、フンと馬鹿にしたように鼻を鳴らした。

「まあ、れーくん……蓮は魅力的《みりょくてき》だし、あなたが手放したくないという気持ちはわかるわ。でも、結婚ってもっとシビアなものだと思わない？　あなたと私、どちらが彼のパートナーとしてふさわしいか、考えてみてちょうだい」

「っ！」

挑戦的で鋭《するど》い言葉だった。白鳥さんは文句のつけようのない家柄な上に才色兼備《さいしょくけんび》だ。彼女より秀《ひい》でていると言える、次期社長のパートナーにふさわしい要素を、私は持っていない。

（でも、蓮さんはそういう条件だけで結婚相手を選ぶ人には思えない）

「蓮さんの気持ちはどうなんでしょうか。彼は私と別れると言ってるんですか？」

彼が望むのであれば、私もその選択を考えなくもない。でも、この場で白鳥さんの言い分を丸ごと認めることはできない。

（蓮さんは私に直接、待っててって言ってくれたんだから）

「それは彼に直接聞いたら？　私が言いたいのは、あなたと一緒にいることで彼が幸せになるかってこと。私と結婚すれば、彼には今の会社の社長以上のポジションが与えられるだろうし、それはやり甲斐のある仕事よ」

（蓮さんはお父様の会社を継ぎたいと言っていた。でも、それ以上に白鳥さんの家の会社の仕事が魅力的《みりょくてき》だったら……）

これは蓮さんに聞いてみないとわからない話だ。

それにしても、白鳥さんと結婚することが蓮さんにとって本当に魅力的《みりょくてき》なことならば、私に釘を刺す必要があるだろうか？

不安な気持ちを抑え、私は思い切って彼女に切り込んだ。

「白鳥さん自身は、蓮さんに愛されている自信があるんですか？　少なくとも私はこの数ヶ月、彼に愛されていたという自信があります」

「……っ」

白鳥さんは目を見開き、次に憎悪《ぞうお》に近い顔で私を睨《にら》んだ。そして少し間《ま》を置いて話しはじめる。

「正直、愛って積み重ねで、一朝一夕《いっちょういっせき》に出来上がるものじゃないと思うの。そういう意味で、あなたが蓮と付き合った時間は恋人ごっこだと思うし、私と蓮には積み重ねたものがあると思ってるわ。離れていた時間は長かったけれど、気持ちは薄れてない自信がある。私は桐原蓮を愛してる……誰よりも彼を幸せにする自信と力があるの」

あまりに圧の強い言葉に、私もそれ以上は何も言えなくなった。

一度別れたというのが本当に遠距離恋愛になったせいなのかはわからないけれど、少なくとも今の白鳥さんが蓮さんを好きだというのはよくわかった。

（蓮さんを幸せにする……白鳥さんが提示できるものは明確だ。私には一体何があるだろうか）

答えを探して沈黙していると、白鳥さんはとどめを刺すように言った。

「あの頃相手にもされない地味顔だったあなたが、メイクで化《ば》けて蓮の恋人を気取ってるというだけで腹が立つのよ。私たちの邪魔をしないで」

過去の傷をえぐられ、胸がずきりと痛む。何もずるいことはしていないのに、どうしてこんなふうに責められなくてはいけないのか。悔しくて仕方がない。

「自分を美しく見せる方法を覚えて、多少自信は持てたのかもしれないけど……あなたは所詮、地味顔の凡人。桐原蓮に釣り合わない相手よ」

そう吐き捨て、彼女は口元をナプキンで拭《ぬぐ》うと立ち上がった。そして、私の顔などもう見たくもないとばかりに目を逸《そ》らして言う。

「話は以上よ。あなたが私以上に彼を幸せにできないなら、手を引いて」

「蓮さんを幸せに……？」

財力に関して言えば、この人に敵《かな》うはずはない。翔也さんが、白鳥さんと戦うのはやめておけと言っていたことを思い出す。

（彼女に本気でぶつかったら、私の将来だけでなく蓮さんの立場もどうなるかわからない……。こんな理不尽なことってある？）

「手を引くかどうか、ここでは答えられません。今すぐ答えを出せるほど単純な気持ちではないので」

私の答えが不満だったのか、白鳥さんの顔は能面《のうめん》のようになる。

「あなたのしつこさが彼を不幸にするって、まだわからないのね……まあ、ゆっくり考えればいいわ。時間の無駄だと思うけど」

白鳥さんはバッグを掴み、私を置いて店を出て行ってしまった。

私も帰ろうと財布を出すと、お店の人がもう支払いは済んでいると静かに告げた。

（いくら私が憎《にく》いからって、こんな扱いひどいでしょ……）

ロビーに突然来た時もそうだが、あの人は自分のことしか見えていないようだ。

無理やり食べた食事が胃の中で消化できず、猛烈に気分が悪い。私はレストランを出ると、タクシーを拾える場所までゆっくりと歩いた。秋風に当たった瞬間、体が震え、頭がズキンと痛む。

（白鳥さんの毒に当たりすぎたのかな。頭も痛いし、しんどい……）

帰宅後、ふとスマホを見ると、内定が出ていた会社から着信が入っていた。

「最終連絡は来週だって言ってたのに……何かあったのかな?」

嫌な予感に襲われながら、留守番電話を聞く。留守番電話には、会社の都合で、私の採用の話はなしになったと吹き込まれていた。

（嘘でしょ……？　そんなことってある?）

信じられなくて、呆然とその場に立ち尽くす。いくら自分を励まそうとしても、もうそんな力は湧《わ》いてこない。

（蓮さん……会いたい。今、どうしてるんだろう）

電話をかけてみたけれど、圏外で繋《つな》がらない。

（どうして繋《つな》がらないの？　白鳥さんとの関係は、やっぱり本当なの？）

立て続けにショックな出来事が起き、私の心は荒れる。蓮さんに会う以外、この不安を鎮《しず》める方法はないだろう。けれど、それもできない。

「また頭が痛くなってきた……」

（もう何も考えられない）

私はベッドに倒れ、そのまま深く眠ってしまった。


それから数日、新たに就職活動をする気力もなくて、私はただぼーっとして過ごしていた。

蓮さんから電話の折り返しもなく、胸騒ぎは大きくなるばかりだ。

（今の蓮さんの気持ちを直接確かめたい。白鳥さんとの事情を……ちゃんと聞きたい）

私はこの日の夕方、彼のマンションに向かって歩いていた。何時になるかわからないが、彼が帰ってくるまで待っているつもりだ。

（蓮さんに会いたい……早く顔を見て安心したいよ）

そう思いながら歩いていると、見覚えのあるレストランの前でぎくりと足を止めた。

「蓮さんと……白鳥さん」

そこは蓮さんが最初に私を連れて行ってくれたレストラン。その中に、二人の姿があった。蓮さんの顔は見えないが、その様子はかなり親しげだ。

白鳥さんに言われた『あなたが蓮と付き合った時間は恋人ごっこだ』という言葉が頭をよぎり、心をぐちゃぐちゃにしていく。

(白鳥さんが言ったように、私が二人を邪魔しているの?)

信じていた私が愚《おろ》かだったということだろうか。

私は静かにレストランに入っていき、ウェイターの制止の声を無視して二人の前まで進んだ。

「蓮さん」

「優羽?」

蓮さんは驚いた顔で私を見つめる。彼の向かいに座る白鳥さんは、勝ち誇ったような笑みを浮かべながらゆっくりとコーヒーをすすっていた。

私は蓮さんをまっすぐ見て、口を開く。

「これはどういうこと? ちゃんと……説明して」

「これは……」

蓮さんは何か言おうとするものの、すぐに口をつぐんでしまった。その様子が私をさらに傷つける。

(ここまで来ても、何も言ってくれないの?)

「蓮は私の婚約者よ? 気安く声かけないでよ」

「玲奈、それはまだ決まったことじゃない」

蓮さんが白鳥さんを名前で呼んだ。その親しげな響きを耳にし、私の気持ちは一気に壊れていく。

(まだ決まったことじゃない……って、いずれそうなるってこと?)

我慢に我慢を重ねていた心が、とうとう悲鳴を上げた。

「……信じてたのに。蓮さんの嘘つき!」

「優羽っ」

私は彼に背を向け、レストランを出た。タクシーに飛び乗り、あてもなく適当な場所に走ってもらう。涙が溢《あふ》れて止まらない。

(蓮さんの嘘つき、大嫌い!)

そう心の中で思いながらも、苦笑してしまう。

「大嫌いに、なれたらいいのに……」

こんなことがあっても、彼のことが好きな気持ちはまったく揺るがない。

「私ってバカだ」

アパートに戻る気持ちにもなれず、私はその日、適当なビジネスホテルに泊まった。今の私の心のように、冷えた狭いシングルルームに入り、スマホの電源も切る。胸の痛みを和《やわ》らげる方法がわからず、私は無理やりベッドで目を閉じた。


次の日はホテルに連泊を申し込んで、そのまま一日中ゴロゴロしていた。食事をとらずにだらけていたが、夕方になる頃にはさすがにお腹が空《す》く。こんな時にもお腹は空《す》くのかと笑いたくなる。

(外に出たら気分も紛れるかな)

私はホテルから出て、食事をとることにした。

日が傾く空を見上げながら、秋の気配のする匂いを胸いっぱいに吸い込む。

店を探して歩いていると、翔也さんと入ったバーの前を通りかかる。無性にお酒を飲みたい気分になり、私はそのお店に入った。

夕方だというのに、バーは結構賑《にぎ》わっていた。カウンターがいっぱいで、奥のテーブル席に案内される。

頼んだモスコミュールが出されると、急に喉《のど》が渇いて、一気に半分くらい飲んでしまった。

（ふー……おいしい。一人で飲むのは久しぶりだけど、やっぱり気晴らしになるな）

その時、聞いたことのある声が耳に飛び込んできた。

「れーくんが落ちなくて困ってるの」

（え……この声、白鳥さん？）

私は背中を丸め、身をひそめるような格好で耳をそばだてた。

「しっかりしてよ。俺はあなたのお父様に兄貴を売り込んで、うまくやってるんだからさ」

そう言ったのは間違いなく翔也さんの声。どうやら二人の声は後ろの席から聞こえてくる。席と席の間には薄い間仕切りが置かれているから、お互いの姿は見えない。

（まさか二人がここにいるなんて、思ってもみなかった。だいたい、翔也さんと白鳥さんって一緒に飲むような仲だったの？）

驚いていると、二人は信じられないような話をはじめた。

「私のことを選べば、あの優羽って子の人生を邪魔しないって条件も出してるのに」

（私の……人生？）

「いずれ落ちるさ。あなたの握っている弱みは、兄貴にとっては強烈だから。しかし……白鳥家が経営に関わっている会社を受けるなんて、優羽ちゃんもついてないよね。内定が出ていたのに、玲奈さんに内定取り消しにされるなんてね」

（え……っ、私が受けた会社って、白鳥さんの家と関わりがある会社だったんだ……それで落とされたの？）

体にざわりと寒気が走り、言いようのない嫌悪感が胸の奥に湧《わ》き上がる。二人は一体いつからこんな企《たくら》みをしていたんだろう。

「でも、翔也さんのおかげで、父もれーくんを跡取りにすることに乗り気になってくれて、助かったわ」

「そうでしょ。感謝してね」

くすりと笑う声がし、カラカラとグラスに氷が当たる音が響いた。

（二人は結託して、蓮さんとの縁談を強引に進めようとしているんだ）

二人の会話の中では蓮さんの心は置き去りのようだ。それに、私の人生も取引の材料にされている。

（どうしよう。私……とんでもない誤解をして、蓮さんにひどいことを言ってしまった）

話の流れから考えるに、蓮さんは白鳥家の婿養子になることに納得していないのだろう。

でも、白鳥さんが彼を言い含める弱みを握っていて、脅しの材料にしているようだ。

（そんな脅迫じみた結婚で、幸せになんてなれるはずない。蓮さんと……もう一度話を

しなくちゃ）

飲みかけのモスコミュールを残し、私はバーを出た。

落ち着くために少し街を歩いて心を整理する。二時間ほど経ち、私はやっと冷静になった。

白鳥さんは蓮さんの弱みを握っていて、それを材料に結婚を迫っている。そして、翔也さんと組んで、彼女のお父さんも巻き込み、蓮さんから大切な仕事を奪おうとしている。

そして、私の内定も取り消して、それも脅しの材料にしているみたいだ。蓮さんは私のために白鳥さんの条件を呑む気なのだろうか？

（こんなの……許されることじゃない。白鳥さんは自分の家の力を使って、私たちの人生を狂わそうとしてる……）

怒《いか》りのあまり、体が震えてくるのがわかった。

（蓮さんに今すぐ謝りたい）

ずっと電源を切っていたスマホを起動させると、蓮さんからのメールと着信履歴が次々に表示される。メールには、私への謝罪と、愛しているという言葉が並んでいた。

『優羽を守ると言ったのに、苦しめてごめん。会いたい、優羽。今どこにいるの』

（蓮さん、ずっと心配してくれてたんだ）

申し訳なくなって、すぐに電話をすると、ワンコールで蓮さんが出た。

『優羽っ⁉　今どこにいるんだ』

「アパート近くの道を歩いてる。昨日は、ひどいことを言ってごめんなさい」

『いや……俺の方こそ、あの時ちゃんと引き止められなくて後悔してた』

その時、彼の後ろで白鳥さんの声が聞こえた。蓮さんが私と電話しているとわかって、ヒステリックな声を上げている。

（白鳥さん、バーから蓮さんのところへ行ったんだ）

『あの女なんでしょ、電話代わって！』

『それはできない。もう優羽にはすべてを話すことに決めた……だから玲奈が出した条件は呑めない』

『なんですって？　れーくんは私の人生を壊したじゃないの、責任取りなさいよ！』

（蓮さんが白鳥さんの人生を壊した……って？）

白鳥さんの声が響く中、蓮さんは私に向けて言葉を発する。

『優羽、今から俺のマンションに来て。全部話すから』

「わ、わかった……すぐに行くね」

急いで蓮さんのマンションに行くと、彼は切なげな表情で私を迎えてくれた。

「優羽、来てくれてありがとう」

通されたリビングで、白鳥さんは先日見た時とは比べものにならないほど荒《すさ》んだ表情で、ソファに脚を組んで座っていた。

「そこに座って」

蓮さんに促《うなが》されて、私は白鳥さんの向かいのソファに腰掛ける。じっと注《そそ》がれる視線が痛いけれど、今は彼女に負けるわけにいかない。

蓮さんは私の隣に座り、まっすぐ見つめてきた。

「俺から全部話す。優羽、俺が公園で話そうとしたのは白鳥さんとの縁談が持ち上がってることだった……もちろんちゃんと断るつもりでいたけど」

「……うん」

そこにすかさず白鳥さんが挑戦的に口を挟む。

「蓮はね、高校時代にバスケットボールで私の顔を傷つけたの。縫《ぬ》うほどの怪我だったから、傷痕《きずあと》が残ってね。私、今までに三度も整形手術をしてるのよ。……お化粧である程度誤魔化せても、傷は消えない。容姿は命より大事なものだったのに……女優になる夢も諦めたわ」

「え……っ」

衝撃的な告白に、私は目を見張る。大切にしていた顔に傷が残ったのは、白鳥さんにとって相当ショックなことだっただろう。

「それはつらかったでしょうね……。でも……」

彼女の顔を見る限り、私はその顔の傷とやらがどこにあるかわからない。お化粧を落としたり、近づいてよく見たりしたらわかるのかもしれないが、隠せないほど目立つ傷ではなさそうだ。

彼女の苦しみは計り知れないけれど、蓮さんの人生を対価に求める正当な理由になるのか、私にはわからない。

「顔に傷が残ったことが、蓮さんを責める理由だったんですか？　でも、不慮《ふりょ》の事故だったんですよね？」

彼はわざと人を傷つける人ではない。

「事故であろうと、償《つぐな》うのは当然でしょ。女の顔に傷を残したのよ？　いくら謝っても、どれだけのことをしても、許されないわ」

蓮さんは今まで白鳥さんに誠意を持って接してきたのだろう。それなのにずっと彼女は、蓮さんの謝罪を受け入れなかったということか。

（蓮さんは私以上に苦しい年月を過ごしてきたんじゃない？）

そう思って蓮さんを見ると、彼は苦痛の表情を浮かべていた。

「高校時代、俺は玲奈の心を慰《なぐさ》められるならと、付き合うことを受け入れた。でも、玲奈は半年後、一方的に俺を振ってアメリカに渡ったんだ。許されたとは思ってなかったけど、事実上あれが俺たちの別れだと思っていた」

「自分を取り戻す時間が欲しかったのよ。れーくんを諦めたわけじゃない。その証拠にずっとメールでは繋《つな》がっていたじゃない」

誕生日に見たあのメールは、やっぱり白鳥さんからのものだったらしい。蓮さんの中では彼女との関係は、罪悪感との闘いで、切るに切れないものだったんだろう。

白鳥さんは言い含めるように優しげな声で言う。

「ねえ、私、蓮を渡したくないの。彼を諦めてくれたら、あなたの仕事も人生も全部保証してあげる。後悔しないようにね」

（この人は……自分の人生を思い通りにすることしか考えてないんだ）

私は拳《こぶし》を握りしめ、白鳥さんを見てはっきりと告げる。

「蓮さんの犠牲の上に成り立つ幸せなんかありえません。自分の人生は自分でどうにかします。だから蓮さんの人生を奪わないで……」

そして私は蓮さんに向き直る。

「蓮さん、私のことは気にしないで、あなたの思う通りに生きて？」

「優羽……」

蓮さんは私の顔を見て、決意したように頷《うなず》いた。ぎゅっと私の肩を抱き寄せ、彼は口を開く。

「玲奈を傷つけたことは一生をかけて償《つぐな》う……でも、結婚という形で解決するのは間違ってる。気持ちがないのに結婚したって、幸せになれるとは思えない」

そこまで一気に言うと、蓮さんは目に力を込め、白鳥さんに向かってはっきりと告げた。

「俺は優羽との人生を選ぶ。彼女を愛してるんだ」

(蓮さん……！)

私の気持ちと同じことを言う彼に、胸をぎゅっと締めつけられる。

白鳥さんは顔を真っ赤に染めて、立ち上がる。そして蓮さんの正面に来ると、彼の頬を思い切り平手打ちした。

「ふざけないで！　蓮……あなた、大事な会社での立場も悪くなるのよ。それでいいの？」

「……俺の立場が悪くなろうと、白鳥家との関係は断つ。優羽にも手出しはさせない。どんなことがあっても俺が優羽を幸せにする」

ぶれない視線で白鳥さんを見据《みす》える蓮さんの瞳に、もう迷いはない。私は感動で胸を震わせた。

「私も蓮さんとともに、玲奈さんにできることを探します。……たとえ就職できなくても、何かしら生きる術《すべ》を見つけるつもりです。それに蓮さんと一緒にいられるなら、どんな苦労だって乗り越える覚悟があります」

「うちの会社を敵に回したら、日本では生きていけないわよ？」

白鳥さんは私に憎悪《ぞうお》の目を向ける。その瞳に、私の背筋は凍った。

「それでも……いいです」

私の言葉を援護するように蓮さんも口を開く。

「日本がダメなら海外に行くさ。生き方はひとつじゃない」

「……呆れた馬鹿ね。あなたたち二人とも」

白鳥さんは蓮さんの頬をもう一度バチンと平手打ちし、憎々《にくにく》しげに見下ろす。

「これくらい、私の受けた傷に比べたら大したことないでしょ」

「……そうだな」

蓮さんは悲しげに彼女を見上げた。

「さようなら……もう二度とあなたたちと会うことはないわ」

白鳥さんは胸を張ってそう言うと、くるりと私たちに背を向ける。その姿は不思議と、凛《りん》として美しい。

（白鳥さんも、もしかしてずっと過去にとらわれていたのかな……）

白鳥さんは荒っぽく玄関のドアを閉めて出ていく。その音を聞いて、私は緊張が解けて倒れそうになる。それを蓮さんが慌てて抱きとめてくれた。

「優羽、大丈夫か」

「……うん。蓮さんがいてくれたら、私は何も怖くない」

久しぶりに感じる蓮さんの温もりに、私はほっとして目を閉じる。彼の香りと腕の力を感じ、やっと暗いトンネルから抜けられた気がした。

「ずいぶん苦しめた。優羽、ごめん。内定が出ていた就職先、ダメにしてしまっただろう。俺のせいで申し訳ない」

「蓮さんのせいじゃないよ。言ったでしょ、自分の人生は自分でどうにかするって」

するとようやく蓮さんの顔に笑みが浮かんだ。

「優羽……芯のある強い目をしてるね。君はやはり、俺にとって無二の存在だ……。何にも代えられない」

「……蓮さんっ」

蓮さんに深く抱きしめられ、私は彼の胸に顔を埋《うず》めて、我慢していた涙をこぼした。涸《か》れたと思っていた涙は、蓮さんのためならいくらでも溢《あふ》れてくるらしい。

その直後、玄関のドアが開いて、血相を変えた翔也さんがリビングに転がり込んできた。

「翔也？」

「兄貴……よくも、俺の今までの努力を全部ふいにしてくれたな」

翔也さんの目には温度がなく、白鳥さんに睨《にら》まれた時よりも恐怖を感じた。殺気をまとって、翔也さんがゆっくり私たちに近づいてくる。

「優羽ちゃん、君には失望した。あれだけ忠告したのに……余計なことをしてくれたね。兄貴の縁談がパーになったよ」

「それは優羽には関係ない。俺が玲奈と話をして、納得してもらったことだ。お前が父さんの会社を乗っ取ろうとしていることの方が、よっぽど汚いだろ」

私は驚いて蓮さんを見上げた。

「どうだろうね。俺より兄貴の方が優れてるだなんて、言い切れないじゃないか」

翔也さんはギラギラした目で、笑みを浮かべ、興奮気味に言った。

「玲奈さんの美しい顔に傷を作った上に、彼女を弄《もてあそ》んで捨てたサイテー男だって広めてやったよ。人望を失ったら、あの会社での立場もさすがに危《あや》ういんじゃないの」

翔也さんのあまりにも自分勝手な言動に、私は言葉を失う。

(傷をつけたのは事実だとしても、白鳥さんを弄《もてあそ》んで捨てたというのはでたらめじゃない！)

翔也さんに対する猛烈な怒《いか》りで、私は目の前が真っ赤になる。彼が白鳥さんをそそのかさなければ、彼女だって蓮さんを陥《おとしい》れるようなことはしなかったかもしれない。

（やっぱりこの人……最低だ）

「俺がどれだけ兄貴のせいでムカつく思いをしてきたか……ここまで上手くいってたのに、振り出しに戻るなんて冗談じゃない。あんたの大事な優羽ちゃんを傷つけてやるしかないのかな」

「な……っ」

翔也さんの手が私に伸びてくる。蓮さんは翔也さんの腕を掴むと、強引に引っ張り、拳《こぶし》を上げた。

「優羽に触るな！」

蓮さんが翔也さんを思い切り殴り倒す。

「ぐぅ……っ」

翔也さんは呻《うめ》き、床に転がった。蓮さんの怒《いか》りは収まることなく、翔也さんの襟《えり》を掴み上げて何度も殴る。

「蓮さん、やめて！」

「俺には何をしてもいい……でも優羽に手を出すのは絶対許さないっ！」

骨がぶつかり合う鈍《にぶ》い音が響く。蓮さんの手には血がにじんでいた。

「もうやめて。蓮さん！　血が出てる！」

私が腕にしがみつくと、蓮さんはやっと殴るのをやめる。そして息を整えながら、翔也さんから手を離した。

「翔也、お前はもう弟でもなんでもない。出て行け！」

床にうずくまる翔也さんを見下ろし、蓮さんは私を抱きしめる。

「弟じゃない……ねぇ？」

翔也さんは口から血を流しながら顔を上げると、負けじと睨《にら》んできた。

「わかってないな……兄貴は。俺は、あんたと兄弟じゃなくなっても、痛くも痒《かゆ》くもねーし。白鳥家の跡取りっていう最高のポジションまで用意してやったのに……棒に振るなんて馬鹿なんじゃないの？」

蓮さんはその挑発には乗らず、冷静に言葉を返す。

「馬鹿はどっちだ？　お前こそ、父さんからの信頼を地に落とした。どんな汚い手を使って俺を陥《おとし》れようとも、お前に父さんの大事な会社は譲《ゆず》らない」

「何様だよ……あんた？」

恐ろしい目で睨《にら》む翔也さんに少しもひるむことなく、蓮さんは言葉を続ける。

「残念だが、お前は俺のライバルにはなり得ない。社長になるには、相応の努力と忍耐が必要だ。お前は一切努力せず、遊んで暮らしてきた。そんな奴に会社を継がせられるわけないだろ」

蓮さんの声はとても静かで、だからこそ重さが伝わってきた。

お父様への尊敬から仕事を大事にしている蓮さんと、ただ次期社長というポジションを欲する翔也さんの決定的な差を見たような気がする。

蓮さんは翔也さんを見下ろし、静かに言った。

「俺の過去については、自由に言えばいい。それで俺の評判が落ちるなら、そこまでの人間だったたってことだ」

「……そうかよ。あんたはいつでもご立派でいいよなぁ。反吐《へど》が出る」

翔也さんは、悔しそうに表情を歪《ゆが》めながら立ち上がると、皮肉っぽい笑みを浮かべた。

「なんとでも言え。ただ優羽には今後関わるな。指一本でも触れたら、お前を決して許さない」

「俺だって、あんたの顔は二度と見たくないよ。その女の顔もな」

翔也さんは捨て台詞《ぜりふ》のように言い放つと、よろめきながら出て行った。

ドアが閉まる音がして、私はようやくほっと息を吐く。

（終わった……とりあえず私たちの間にあったものは、解消した？）

蓮さんを見ると、彼は放心して玄関の方を見ている。彼の右手からは痛々しく血が流れていた。

「蓮さん……血が出てる。私のためにごめんなさい」

彼の拳《こぶし》を手に取り、ハンカチで血を拭《ぬぐ》うと、蓮さんは決まり悪そうに私を見る。

「いや。ずっと俺のせいで苦しめて、本当に申し訳なかった」

「ううん。嬉しかったよ……守ってくれてありがとう」

（世界でただ一人の……私の王子様）

ハンカチで蓮さんの手を包むと、彼は突然私の体を強く抱きしめた。

「蓮さん……」

「最初から優羽を諦める選択肢なんてなかった。俺には優羽が必要なんだ。二人で歩く未来しか見えない……。愛してる、心から……」

蓮さんの声は必死で、その情熱に私の心は一瞬にして溶かされていく。

「でも私……蓮さんにひどいことを言って……」

先日言ってしまった言葉を思い出し、猛烈に後悔する。

（蓮さんを信じられなくて、『嘘つき』なんて言ってしまった。信じきれなかった私に、蓮さんのそばにいる資格はあるの？）

私は首を横に振り、彼から離れようと身をよじる。けれど蓮さんはぎゅうっと一層強く抱きしめてきた。

「そんなの、全然気にしていない。誤解されるような行動をした俺が悪いんだから」

蓮さんの体の温もりに包まれ、私は心から安堵《あんど》する。

「ごめんなさい、ありがとう……。ねぇ、でも翔也さんが白鳥さんと蓮さんとのことを会社で広めたっていう話は、本当かな？　蓮さんの仕事に影響があったらどうしよう……」

私の心配を否定するように首を振ると、蓮さんは頭を優しく撫《な》でてくれた。

「会社で立場が悪くなったって、そこからまた這《は》い上がってみせるさ。壊れたものは戻せばいい。でも優羽を失ったら、俺はもう戻れない……。俺は本当に大事なものを失わずにすんだ」

そう言った蓮さんは自信に満ちていて、王者の風格をしっかりと示していた。

「……蓮さんっ」

（ああ、やっぱりこの人はいつだって最高に格好いい生き方をしてる）

彼の胸に顔を押しつけ、私はメイクが落ちるのも気にしないで泣いた。

蓮さんは私の髪を撫《な》でながら、深いキスを落とす。

「優羽……君への揺るぎない愛を体に刻み込んであげる」

「え……あっ」

彼は私の体をソファに沈ませた。そして、覆《おお》いかぶさるようにして唇を何度も重ねた。

熱い舌を絡《から》められ、水音がくちゅりと響く。キスと同時にブラウスの裾から手を入れられ、蓮さんの手が這《は》う度に、ぞわぞわと甘い快感が走った。

「はぁ……っ、ん……、あ……っ」

銀糸を引きながら唇が離れ、はぁっと吐息を漏らしながら蓮さんが囁《ささや》く。

「会えない間、ずっと優羽を抱きしめたくて仕方なかったよ。俺がどれだけ優羽を求めてたか、わかる？」

蓮さんが正面から私を見つめる。それに答える代わりに、私は彼の頭を引き寄せ、キスを返した。

すると彼の舌が私の唇を割り、中を淫《みだ》らに動き回った。ちゅくちゅくと音を立てられその響きを聞いて、あそこがじわりと濡《ぬ》れていくのがわかる。

繰り返される愛撫《あいぶ》にもうこれ以上ないと思っていた彼への思いが、さらに膨《ふく》らんでいった。

何度もキスを受けながら、蓮さんが私の服を一枚ずつ脱がせていく。同時に服を脱ぎ去った彼の体はやはりうっとりするほど美しかった。

下着だけになると、少しも隙間がないくらいに抱きしめ合う。蓮さんの逞《たくま》しい胸に頬を寄せ、彼の腕の中に戻ってこられた喜びで、涙が出そうになった。

「優羽……優羽を感じたい」

切なげな彼の声がよりいっそう私の体を熱くする。

「私にも蓮さんを感じさせて」

（何も考えられないくらい、めちゃくちゃにして……！）

蓮さんの手がブラジャー越しに私の胸を強く揉《も》みしだく。指先が胸の先端に当たり、思わず甘い声を漏らしてしまう。

「やぁん……っ！　あ……っんん……！」

「……優羽、かわいい。もっと声を聞かせて」

彼はブラジャーのホックを外すと、私の胸に直接触れた。同時に唇を塞《ふさ》がれ、求める気持ちが止まらなくなる。

「ふう……っ、ん、あぁ……。蓮さん……っ、やあ……！」

「いや？　違うでしょ、もっと……じゃないの？」

優しく微笑むと、蓮さんはそっと私の下肢に手を伸ばす。そして脚の付け根から太ももにかけて優しく撫《な》でてきた。

「優羽に触れてるだけで幸せな気分になる」

とろりとした眼差《まなざ》しで見つめると、彼は私の首筋にちゅっちゅっと愛おしげに口づけを落とす。

キスと脚への優しい刺激が、私の中を溶かしていく。

「ん……っ、は……あ……っ」

蓮さんに触れたところすべてが熱く、甘い痺《しび》れをもたらしてくる。全身が彼を求めているみたいだ。

「優羽、最高にエッチな顔してる。色っぽい……俺だけが知ってる顔だ……」

「やぁ……！　恥ずかしい……、そんな……あぁんっ」

ショーツの隙間から指を差し入れられ、秘部がくちゅんと恥ずかしい音を立てた。何度も蓮さんを受け入れたそこは、もう濡《ぬ》れそぼっていて柔らかくなっているようだ。

「優羽、お尻こっちに向けて」

「え……でも……」

「もっと気持ちよくしてあげるから」

羞恥心《しゅうちしん》を残す私を後ろに向かせると、蓮さんはすっとショーツを脱がせてしまった。驚いて脚を閉じようとするが、手で押さえられていて動けない。

「蓮さん……？　なに……や、あぁっ！」

ざらりとした熱い感触が濡《ぬ》れた秘所を丁寧に舐《な》め、さらに奥へ侵入してくる。熱い吐息と混ざって、さらにそこは濡《ぬ》れていく。

「駄目……っ！　今は、やあっ……！　シャワー、浴びてない……！」

「どうして。今の優羽が欲しいんだ……ここもすごく綺麗だし、可愛いよ」

蓮さんは私が恥ずかしがるのを見て微笑み、指を入れて中を広げるように弄《いじ》った。ぐちゅぐちゅと中を掻き回され、体の力が抜けて、腰が小さく痙攣《けいれん》した。

「優羽、イッたの？」

「ん……」

（こんなすぐにイッちゃうなんて）

「可愛い。好きだよ」

蓮さんは互いの肌を確かめるように抱きしめてくる。言葉にしきれないほどの安心感に包まれた。

（どうしよう、すごく蓮さんが欲しい……）

それを見透《みす》かしたように蓮さんは頷《うなず》き、私の体をベッドから起こした。

「優羽、窓のそばに立って」

「え……窓？」

そこからは、遠くに数棟のマンションが小さく見える。こんなところに立っていたら、マンションの人から見られてしまうかもしれない。

「やだ、誰かに見られちゃう……！」

「こっちの方が暗いんだから、明るい部屋にいる人には見えないよ」

私の心配をよそに、蓮さんは私の手を引くと、窓に移動した。私は窓に手をつかされ、後ろから胸をゆっくりと揉《も》みしだかれる。

「や……あ……っ！」

恥ずかしいのに、その感情がより感度を上げる。

「気持ちよさそうだね、優羽」

蓮さんは嬉しそうに私の体をくまなく愛撫《あいぶ》し、背中にキスを落とした。

「もう俺たちを縛るものは何もないんだ、それを実感したい」

「で、でもここじゃ……やっぱり」

「恥ずかしい方が感じるよ。ここもこんなになってるし」

「あんっ」

濡《ぬ》れた秘部に指を差し込まれて、クチュクチュと音を立てられる。意地悪なことを言われ、私の奥はきゅんと狭くなった。

「は……っ、蓮さん……こういう時、本当に意地悪……っ」

「優羽が悪いんだよ……俺を誘うような体をしてるから」

「そんな……あっ……ぁんっ」

指の角度が変わり、中を押し上げられ、私はまた軽く達してしまった。

二度も指でイッた私の腰を抱え、蓮さんは自身に避妊具をつけ、何も言わずに入ってくる。

太くて熱い感触が敏感な部分をさらに刺激した。

「あぁ……っ！　ん……蓮さん……っ」

（そんな、今イッたばかりなのに……）

「達すれば達するほど次がよくなるでしょ」

「んん……！　そ、そんなこと……ない……！」

「嘘はダメだよ。もう優羽の体はそれを知ってるはずでしょ」

嬉しそうに言うと、蓮さんは後ろから深く貫《つらぬ》いた。

「やあああぁ……っ！　ふぅ……っ、あぁ……！」

その激しさに呼吸が一瞬止まりそうになる。

それでも蓮さんは腰を動かしながら、ぐちゅぐちゅと中を掻き乱して何度も突き上げてくる。奥を突かれる度に、私の口からは淫《みだ》らな声が漏れた。

「や……っ、あっ、あっ！」

「優羽、もっと感じて……もっと声を聞かせて」

「や……あぁっ、ん……っ」

「もっとだよ」

背中にキスをしながら、蓮さんが何度も攻めるから、頭の中が変になりそうだ。でも彼の愛を体で感じられることが嬉しい。

「ん……あっ、あっ、もう……」

私がまた限界を迎えそうになった時、蓮さんはピタリと動きを止め、熱を帯びたものを抜いた。

「え……」

（どうして？）

私は彼を振り向き、うすく唇を開く。

「優羽、俺にどうして欲しい？」

「あ、あの……」

疼《うず》く場所をどう慰《なぐさ》めていいかわからず、私は蓮さんを見つめる。すると彼は私の腰を抱き寄せて、愛おしげに何度も頬にキスをした。

「可愛いな、優羽。ずっといじめていたい」

「いじめ……って」

（ひどい、私が欲しくなってるのわかってて……わざとやめたの？）

「蓮さん……意地悪……！　ドS……！」

軽く怒ってみせると、蓮さんはくつくつと笑う。

「自分でも、俺ってこんな意地の悪い奴だったっけ……って驚いてるよ」

悔しいけど、そんな彼を見て、私の胸はきゅんきゅんと高鳴る。もう重症だ。

「蓮さん……」

私は振り向いて蓮さんをギュッと抱きしめると、おねだりをする。

「もう意地悪しないで、ちゃんと……最後までして？　私、蓮さんと一緒にイきたい」

「優羽……」

蓮さんはすっと真顔になり、熱のこもった瞳で私を見つめ、髪を優しく撫《な》でた。

「わかった、優羽を満足させてあげる。ベッドに行こう」

「うん」

蓮さんは私の体を軽々と抱き上げると、そのまま寝室に向かった。

寝室に入ると、蓮さんはキスをしながら私をベッドの上に横たわらせた。深いキスを交わす中、くちゅくちゅと舌を絡《から》められ、また疼《うず》きが強くなる。

「ん……蓮さん、好き」

「優羽、可愛いね」

一度唇を離して微笑むと、今度はついばむようなキスしながら、彼は静かに言う。

「君の甘い声と表情は、俺の心を捕らえて離さない。心から愛おしいと、すべてが欲しくなるんだ……ってあの時、知ったよ」

「……あの時？」

蓮さんは唇を離し、真剣な顔で私を見る。

「初めて優羽の全部をもらった時、未来さえ独占したいって思ったよ。ずっと、この女性と一緒に生きていきたい……って。今でも気持ちは同じだよ。むしろ強くなったかも……優羽とずっと一緒に生きていきたい。隣にいつも君の笑顔があれば、俺はこの先どこまでも進める自信があるよ」

「……蓮さん……私……」

胸がいっぱいで言葉が出てこない。

まるでプロポーズじゃないかと思い、涙が出てしまう。

「優羽も同じように思ってくれる？」

「当たり前……でしょ。私はずっと、ずっと蓮さんだけが好きなんだから」

じわりと目頭が熱くなり、泣いてしまいそうだ。そんな私を蓮さんはゆっくり抱きしめた。

「ありがとう……これでもう俺に怖いものはないよ」

「ん……私も」

蓮さんの逞《たくま》しい胸に頬を寄せ、愛してもらえる喜びをゆったり味わう。

「優羽……俺の大事な優羽」

蓮さんがまつ毛や鼻に優しくキスする度、疼《うず》きが強くなっていく。

(蓮さん……体でもこの愛を確かめたい)

私はそっと手を伸ばし、自分から深くキスをした。

「優羽？」

「蓮さん……私をたくさん愛して。壊れるくらい……してほしい」

私の言葉を聞いて、蓮さんはゆっくりと身を起こした。

「優羽、誘い方が上手くなったね」

「こ、これでもすごく勇気出してるんだよ？」

「わかってるよ」

蓮さんは優しく微笑むと、私の膝に片手を置いて十分に濡《ぬ》れたそこへ自分の熱くたぎったものを重ね合わせた。

「あ……っ」

さっき一度焦《じ》らされていたせいか、声にならない快感が走り、背をのけ反《ぞ》らせる。

「どう？」

「ん……すごく気持ちいい……っ」

「じゃあこれはどうかな」

「あっ、あぁんっ！」

グッと奥まで押し入った彼は、子宮の入り口を突いて戻っていく。その繰り返しが私の疼《うず》きをどんどん癒《いや》し、満たしていった。

「もっとして、もっと……蓮さんのすべてをちょうだい」

「く……ッ、優羽、そんな声でおねだりされると、俺も、もう我慢できない……！」

腰遣いが速くなり、もう頭の中は真っ白だ。

「あ……イッちゃう……！」

「優羽……一緒に……っ」

勢いよく強く腰を打ちつけられたと同時に、きゅうっと下腹部が締まる。同時に中に熱が注《そそ》がれた。

（蓮さん……好き）

うっとりしていると、蓮さんは呼吸を乱しながら私を抱きしめた。

「愛してるよ……優羽」

「私も……」

汗ばんだ肩にキスをして、蓮さんのまっすぐな黒髪を撫《な》でる。幸福感に満たされた私の目から涙が溢《あふ》れ……頬を伝ってシーツの上にこぼれ落ちた。


それから二ヶ月。

私は今、蓮さんの秘書として働いている。私が再就職が難しい立場に追い込まれたことで、蓮さんがお父様に事情を説明し、私を採用してくれたのだ。

「私が蓮さんの秘書だなんて、嘘みたい」

会社の廊下を歩きながら、隣の蓮さんを見上げると、彼は涼しい笑顔で私を見た。

「今まで誰も信用してこなくて、秘書も要らないって言い続けてたからね。俺がこれほど信じてる女性がいるっていうことに、父は驚いてたよ」

「そ、そうなんだ……嬉しいな」

（でも、仕事は仕事だからね。ちゃんとしなくちゃ）

「お似合いですよ、お二人とも」

気持ちを引き締めていると、雅が通りかかって私たちをからかった。

「み、雅！」

「いいじゃない。あなたたちの関係は社員全員知ってるよ？　まあ、一部の女性社員の嫉妬《しっと》の目は厳しいだろうけど……無視して、幸せになってね」

雅は私に軽くウィンクしてみせると、蓮さんには丁寧にお辞儀をして、澄《す》ました顔で去っていく。

（もう……雅ってば相変わらずだなあ）

そういえば、翔也さんは本当に蓮さんの噂を流していたけれど、それを信じる人はほとんどいなかった。蓮さんの築《きず》き上げた信頼は大きいと証明され、次期社長としての期待はさらに高まっている。

歩きながら、私は蓮さんを見上げた。

「蓮さん、会社であんな風にからかわれるの、嫌じゃない？」

「いや、全然。社内恋愛したって仕事をきちんとこなせば、誰も文句は言わないさ」

（ありがとう、蓮さん。私、あなたにどこまでもついて行くよ、ずっと……一緒にいる）

もう私たちの間に秘密はないし、すべてがクリアになって新しい道を歩き始めている。

それが私にとって何よりも嬉しい。過去の自分と今の自分がちゃんと繋《つな》がって、認められた気がするから。

冬の風が冷たく吹き抜ける公園で、私たちは手を繋《つな》いで歩いていた。いつかここを歩いた時に、暑いより寒い方がいいよねという話をしたのを、お互い覚えていたからだ。

（ずいぶん前のことなのに、蓮さんも覚えててくれたなんて嬉しいな）

喜びで頬が自然に緩んでしまう。

私たちのお付き合いは順調に進み、来年の初夏に結婚する予定だ。蓮さんが次期社長になることが正式に決まったのが先日で、それをきっかけにプロポーズされたのだ。

「蓮さんと結婚できるなんて……夢みたい」

プロポーズの時にもらった指輪が、永遠の約束として私の指にはめられている。ブリリアンカットのダイヤの輝きが、私たちの幸せな未来を示しているみたいだ。

「やっと俺だけの優羽になったたな」

私の指を見下ろしながら蓮さんは嬉しそうに微笑む。

「私はずーっと蓮さんしか見てなかったよ？」

「それ言われるとまだ軽くショックだよ。優羽を振った愚《おろ》かな男が俺だったなんてね……」

肩をすくめて、困ったように笑う。

「その過去があるから今の私があるの。蓮さんだって同じでしょ？」

「まあ、そうかな……過去があって成長したから、優羽のよさに気づけたんだろうしね」

「うん。私は昔も今も蓮さんが好き……ずっと好きだよ」

「ありがとう、優羽」

蓮さんは優しく微笑み、握っている手に力を込めた。

（よかった……蓮さんの顔に自然な笑みが浮かぶようになって）

お互いにもう偽《いつわ》る必要のない表情を出せるようになって、自信も生まれたように思う。

強く手を握り返すと、蓮さんはその手を引いて私を抱きしめた。

「優羽……俺が仮面を外して生きられるようになったのは君のおかげだ。どんなことがあっても、俺は優羽だけを生涯《しょうがい》愛し続ける……約束するよ」

「蓮さん……」

プロポーズもされたし、嬉しい言葉はたくさんもらったのに、こんな風に言ってもらうとまた涙が出てしまう。

私が彼をどれほど愛しているか……言葉では言い表せないほどだ。だからどう答えようか戸惑ってしまう。

(私の気持ちは……ずっとあの頃のまま)

過去の自分に心を巻き戻していく。脳裏には体育館で汗を流しながらバスケットボールをドリブルする桐原先輩の姿が流れた。

「高校時代ね、蓮さんはシュートが下手な私にコツを教えてくれたんだよ」

「え……俺が?」

「うん。体育館でね、何度もシュートをミスしてる私に、『無心になれ』ってアドバイスしてくれたの。雑念を消して心を静かにして……それを心がけるようにしたら自然とシュートが決まるようになったんだ」

「優羽が座右《ざゆう》の銘《めい》にしてたあの言葉って、俺が言っていた言葉だったのか」

「うん。おかげで私は雑念が多い時は無心を心がけるようになって、それが人生をいい方向に導いてくれた……」

その時の記憶がない蓮さんの瞳は少し戸惑っている。でも私にとってはとても大切な思い出。初恋をした、大切な瞬間なのだ。

「過去の俺は最悪だったけど……優羽に少しでもプラスになれていたならよかった」

「プラスは今も続いてるよ。だって私、蓮さんのこと、毎日好きになるもの」

「え、毎日？」

蓮さんは目を瞬《またた》かせた。

「うん。蓮さんへの好きは毎日増えていくから、もう抱えきれないくらいになるかもしれない」

「抱えきれないくらい……か」

そう呟《つぶや》くと、彼は突然私の腰に手を当て、そのままグッと抱き上げた。

「やだ、蓮さんっ……！　恥ずかしい……！」

「誰もいないから、照れなくていいよ」

私が恥ずかしがるのも構わず、蓮さんは嬉しそうに微笑んでいる。そしてまっすぐに視線を向け、彼らしい落ち着いた声で言った。

「これからはどんな言葉も俺に聞かせて。好きも、嫌いも……優羽が抱えきれなくなったものは、全部一緒に受け止めるから」

蓮さんの目が優しく細められ、その眩《まぶ》しさに私は一瞬息を呑む。

胸の中が喜びと幸せに満ち、私は思い切り彼の首にしがみついた。

真っ赤なドレスで抱きしめて

休日の朝、蓮さんがベッドの中で眠っている。多忙な彼が朝、ゆっくり寝ているところを見るのは久しぶりだ。相変わらず整っている彼の顔を、私は飽きずに眺めた。

一年前に結婚して一緒に暮らしはじめたが、ずっと一緒にいられるわけじゃない。そんな忙しい彼といられる時間は私にとってとても貴重だ。

起きてしまいそうだから、髪を撫《な》でたいのを我慢する。でも、朝日が眩《まぶ》しかったのか、蓮さんは一度眉を寄せてからゆっくりと目を開いた。

「ん……」

「蓮さん、おはよう」

私が先に起きていたのを見て、彼は驚いたように目を大きく開く。

「起きてたのか、優羽。起こしてくれてもよかったのに」

「ううん、見ているだけでも幸せだから」

蓮さんはさっと手で顔を覆《おお》った。

「本当に、いつか俺の顔に穴が空《あ》くよ」

恥ずかしそうに顔を隠す仕草に、私はますますキュンとする。

「今日はもう、このままずっとベッドにいたいよ」

私はぎゅっと蓮さんに抱きついて、じんわりとした幸せを噛《か》みしめる。

すると、蓮さんは私の髪を撫《な》でてくすっと笑った。

「昨日の夜あれだけ激しくしたのに、まだ足りないの？」

「そ、そんなんじゃなくて。蓮さんとこうしてゆっくりしていたいっていう意味だよ」

ムキになって言い返すと、彼は私の唇にそっとキスを落とした。夜のものとは違う、触れるだけの優しいキスだ。

「知ってるよ。いつも遅い時間まで俺を待っててくれてありがとう」

「ううん、私が好きでしてることだから」

蓮さんの秘書として働いているけれど、私はほとんど定時の十七時で帰る。秘書の仕事としては、スケジュール管理と彼が目を通しきれない書類の仕分けなど、地味なものばかりだ。

（行動を共にしてるわけでもないしね）

だから、蓮さんとちゃんと話ができるのは、彼が帰宅して寝るまでの一時間くらい。

でも正直、もう少し一緒の時間が欲しい。

「いずれ休みをとって、優羽とたっぷり過ごせるようにする」

新婚旅行もなんだかんだでまだ行っていない。私は国内の温泉でもいいから行きたいなあと望んでいるけど、彼の忙しさを見てると当分、行けそうにない。

(でも、一緒に過ごそうとしてくれてるのはわかるから……)

「楽しみにしてるね」

「うん、あとは……何か俺にしてほしいこととかある？」

「してほしいこと？」

突然の質問に、私は真剣に考える。

じっくり考えた後、「蓮さんのフリースローが見たい」と言ってみた。

「え、フリースロー？」

意外な答えだったのか、蓮さんは目をぱちくりとさせる。

「高校時代に見た、蓮さんが真剣な顔でシュートをする姿がまだ目に焼きついてるんだ。偶然二人きりになった時に見せてくれたフリースローも最高に格好よかったし」

「フリースローか……。いつか見せられるようにするよ」

「うん」

蓮さんの言葉には『いずれ』や『いつか』が多い。それは確約できないことだから、がっかりさせたくなくてそう言っているのだろう。

（あまり欲張っちゃいけないな。蓮さんが隣にいてくれるだけでも幸せだし）

寂しい気持ちは封印して、私は彼の広い肩にゆったりと頭を預け、目を閉じた。

休日は残酷なほどあっという間に過ぎてしまい、またいつもの忙しい平日がはじまった。蓮さんは朝から大事な会議と商談があるからと出かけ、今日も会社にいない。

（いつものことだけど、姿を見られないのはやっぱり寂しいな）

私は気分を変えようと、お昼休みに雅と待ち合わせてランチを食べた。他愛のない会話の後、雅は突然声をひそめ、言いにくそうに言う。

「あのさ……副社長とうまくいってる？」

「うん。変わりないと思うけど……どうしたの、急に」

唐突な質問に驚き、私は食事の手を止めた。すると雅は少し迷った後に意を決したように口を開く。

「優羽が知ってることだったらいいんだけど……」

「何？」

「実はこの前、仕事が終わった後、副社長が会社の近くにある喫茶店で綺麗な女性と話してるのを見ちゃって……」

思い当たる人はいなかったけれど、これくらいで私は動揺しない。今は女性の上役も多いし、外で話をすることもあるだろう。

「仕事関係の人じゃない？」

「それならいいけど。珍しく優しい笑顔で話してたから、仕事であんな風に笑うかなぁって思ってさ。副社長が結婚してるってわかってても、グイグイ迫る女性がいるらしいから、ちょっと気になって。余計なことだと思ったけど……」

それは痛感したから、確かに少し気になるが、蓮さんに確認しないで疑うのはよくない。白鳥さんのことで人から聞いた話を鵜呑《うの》みにしないように心がけている。

それでも、すべてを笑顔では流しきれず、心がモヤモヤした。

「教えてくれてありがとう。蓮さんに、それとなく聞いてみるよ」

「それがいいよ。何か困ったことあったら、遠慮せずに相談してね」

「うん、ありがとう」

私は食べ終わった食器を片付けながら、ふと蓮さんに電話してみようかと思う。でも、今日は大事な取引先の人と一緒のはずだ。

（とてもこんな個人的な理由で連絡なんかできない）

そう思い直し、出しかけたスマホをポケットにしまう。

（雅が見たのは、きっと仕事関係の人だよ）

心の中で自分に言い聞かせながら、私は仕事に戻った。

不安の種というのは呼び寄せ合うものなのか、この日はもう一つモヤッとすることがあった。

いつもより少しだけ遅い時間に帰宅した蓮さんが、どことなくさっぱりしているのだ。まるでお風呂上がりのようなさっぱり感だ。

「蓮さん、どこかに寄ってきた？」

「え、ああ……本屋に寄ったよ」

「そっか」

本屋に寄ってもさっぱりしないだろう。まだ気になるが、これ以上は聞けそうにない。

「何でそんなこと聞くの？」

「ううん、ちょっと帰りが遅いなあと思って」

「そう？　いつも通りだと思ったけど」

時計を見ながら、蓮さんは首を傾《かし》げる。

（『お風呂に入ってきた？』とは聞きにくいからなぁ）

私はそれ以上何も言わず、そのまま夕飯を温めるためキッチンに入った。

（うーん、雅の話を聞いたせいか過敏になってるなあ。女性と話していたっていう情報だけで疑ってたら、きりがないよね）

反省しつつ、私も蓮さんと一緒に晩ご飯を食べる。

今日は肉じゃがと焼き魚、味噌汁や小鉢を並べた和食だ。蓮さんはおいしいと言いながら食べてくれるが、途中、私の顔を見て遠慮がちに言う。

「優羽、俺を待っててくれるのは嬉しいんだけど、先に食べてていいよ」

彼はいつもこう言ってくれる。でも、一人で食べるのは味気ないからつい待ってしまう。

時計を見ると十時を回っていた。確かに遅い時間に食べると胃がもたれるだろう。美容にもよくない。

私はご飯を呑み込んでから頷《うなず》いた。

「じゃあ、これからは先に食べるようにするね。でもこうして夜に蓮さんと過ごすのは好きだから、蓮さんが食べている時は、私はお茶でも飲むことにする」

「うん、その方がいいよ」

蓮さんは食事を終えると、少し休んだ後、シャワーを浴びに行く。

私の体を気遣ってくれて、いつも通り優しい。態度だけ見ていたら、まったく疑う余地はないのだけど……

（そういえばバスタオルを用意するの、忘れてた）

私は急いでタオルを用意して脱衣所に入った。途端、そこに漂《ただよ》っていた香りに動きを止めた。

（……うちとは違う石鹸《せっけん》の香りだ）

気にしないようにと思っていたのに、一気に鼓動が速くなる。

（……まさか、蓮さんが浮気？　いやいや、それはない。絶対ない！）

首を横に振って、私は脱衣所を急いで出る。

蓮さんは嘘をつける人じゃない。それに、さっき話をした時はそういう気配はなかった。

（うん、大丈夫。気にしすぎ）

そう思ったものの、私は食器を片付けながらまだ悶々《もんもん》と考え続ける。彼の魅力《みりょく》を知っているからこそモヤモヤするのだ。

（世のモテる夫を持つ妻は、どうやってこういう不安を解消しているんだろう）

「はあ……」

ついこぼしたため息を、シャワーから戻った蓮さんに聞かれてしまう。彼は心配そうに覗《のぞ》き込んできた。

「どうした優羽。何か悩みごとでもあるの？」

「え、あっ」

蓮さんの顔を見たら、今考えていたことなんてとても口に出てこない。

『綺麗な女性と話してたって聞いたんだけど、仕事関係の人だよね？』と、さらっと聞ければいいのだが、どう聞いたら印象が悪くないか考えているうちに言えなくなる。

「な、なんでもないよ。少し眠いせいかな」

「そうか……いつも遅くまでありがとう。もうここはいいから早く休みなよ」

「でも」

「いいから、あとは任せて」

蓮さんは私を寝室まで連れて行くと、食器を片付けるためにリビングへ戻って行った。その後ろ姿を見て、言いようのない寂しさを覚える。

（今は……食器の片付けより、抱きしめてほしい）

甘える時は思いきり甘えられるけど、言いづらいことを口にするのはやっぱり苦手だ。

ベッドに入り、ぎゅっと目をつぶる。こういう時は無理にでもポジティブ思考をするようにして、前向きな言葉をたくさん唱えるのがいい。

（蓮さん、好き。愛してる。信じてる……この先もずっとあなたと一緒にいたい）

そんな言葉を唱えているうちに、やっと穏やかな眠りが訪れてくれた。

この日から蓮さんは二、三日置きに我《わ》が家と違う石鹸《せっけん》の香りをさせて帰ってくるようになった。帰りの時間は特に遅すぎることもなくて、ちゃんとメールでの連絡もある。

それでも、その香りを見逃《みのが》すことはできない。

「ねえ。最近、蓮さんいい香りがするね」

「いい香り？　俺、コロンはつけない主義だけどな」

袖の匂いを嗅《か》ぎながら、首を傾《かし》げる蓮さん。

本当に心当たりがなさそうだけれど、やはり香りは気のせいではないだろう。私は意を決して口を開いた。

「ちょっと……夕飯を食べ終えたら話したいことがあるんだけど」

私の真剣な顔に、蓮さんは驚く。

「いいけど……今話した方がよくない？　優羽が寝る時間、遅くなっちゃうでしょ」

「……うん。じゃあ、食事の前でごめんね」

私を気遣ってくれる彼を思うと、やはり裏切られているとは思えない。ちゃんと話した方がよさそうだ。

お茶を淹《い》れてから二人で食卓に向かい合って座ると、蓮さんは真剣に私を見つめてくる。まっすぐなその視線は、とても嘘をついているようには見えない。

「あの……あのね」

「うん。そんな思いつめた顔しないで。俺はどんな話でも大丈夫だから、ちゃんと言って」

そう言ってもらえて、私は少しほっとして言葉を口にする。

「さっき、心当たりがなさそうだったけど、蓮さんがここのところいい香りをさせて帰ってくるのが気になってるの。いつも同じ石鹸《せっけん》の匂いだと思う。それに、会社の人から蓮さんが綺麗な女性と喫茶店ですごく楽しそうに話していたのを見たって聞いて……」

「……それで、優羽は俺が浮気をしてるんじゃないかと不安になった？」

蓮さんは冷静だけれど少し低い声で言う。

「浮気を疑っているわけじゃないの……。石鹸《せっけん》の香りがするのは間違いないから、どこかでお風呂に入っているはずなのに、どうしてその話をしてくれないのかなって。一人で考えてると、不安になるから、ちゃんと聞いた方がいいと思って」

蓮さんは私の言葉を最後まで聞いてから、一口お茶を飲んだ。そして口を開く。

「香りって、石鹸《せっけん》のことだったのか……。実は今、仕事帰りにスポーツジムに寄っててね。汗をかくからシャワーを借りてたんだ」

「スポーツジム……そうなんだ」

蓮さんはマンションに専用のトレーニング室を持っていて、日頃からそこで体を鍛《きた》えている。わざわざジムに行っているというのは、ちょっと不思議だった。

「それと、女性と会っていたっていう話は、心当たりがある。それを見たのは、会社近くの喫茶店じゃない？」

『心当たりがある』という言葉に、胸がぎゅっと苦しくなる。手を握りしめ、私は頷《うなず》いた。

「うん」

「誓って言うけど、俺は優羽を悲しませるようなことはしてないよ」

蓮さんは立ち上がって、私のそばに来るとぎゅっと抱きしめてくる。

「でも不安にさせたのは事実だな。ごめん……優羽を喜ばせたくて、秘密でいろいろと準備してたんだ」

「私を……喜ばせる？」

予想外の言葉に、私は驚いて顔を上げる。蓮さんは私の頭を撫《な》でながら頷《うなず》いた。

「優羽、今週末は何か用事ある？」

「ううん……何もないよ」

きょとんとしていると、蓮さんは部屋のカレンダーを見ながら言う。

「じゃあ、ちょっと早いけど、今度の土曜日にデートしよう。内緒にしててごめん。優羽と初めてデートした記念日に、サプライズデートしようと思ってたんだ」

「あ……っ」

初デートの日を覚えていたなんて、思わなかった。それに去年は結婚式でバタバタしていたこともあり、特に何もしなかったのだ。

改めてカレンダーを見て、私はびっくりする。

(忙しいのに、蓮さんはサプライズデートを考えてくれてたんだ)

「スポーツジムに通ったのも、女性と会ったのも、そのデートと関係あるの?」

「うん。今その理由を言ってもいいけど、楽しみが減っちゃうな……どうする?」

蓮さんがサプライズを用意してくれたのなら、その楽しみをとっておいた方がいい気がした。

「今は聞かないでおく。土曜日のデートで全部教えて?」

「いいよ。でも不安にさせてごめん。ちゃんと話してくれてありがとう。優羽を喜ばせたかったのに、本末転倒《ほんまつてんとう》なことになるところだった」

私を抱きしめる手に力を込め、蓮さんは安心したように言う。

「私も思いきって話してよかった。我慢して不安になって、八つ当たりなんかしたくなかったの」

「これからも心配なことがあったらすぐ言って」

「うん」

私は心から安堵《あんど》しながら、蓮さんの胸に顔を埋《うず》めて喜びを感じていた。

それから数日後、待ちに待った土曜日がやってきた。

朝から快晴で、初めてデートした日を彷彿《ほうふつ》とさせる。私は目一杯おしゃれをして車の助手席に乗った。

「ワクワクして昨日久しぶりに眠れなかった」

「遠足前夜の小学生みたいだね」

くすりと笑い、蓮さんはエンジンをかけた。まずは、初めてデートをした街に行くらしい。

「あの時のメインは映画だったけど、今日は違う場所に行くよ」

そう言って、蓮さんは街から少し外れた場所で車を停めた。そこは、スポーツセンターの駐車場で、街の喧騒《けんそう》が嘘のように静かだった。

「ここ？」

「うん。優羽は体育館に入って待ってて。俺は着替えてくるから」

蓮さんは大きなバッグを肩にかけて、受付で何か話をしてから更衣室へ入っていく。

私は体育館のスリッパを借りて中に入った。

体育館には誰もいなくて、高校時代を思い出し、ちょっと感動する。

(でも、ここに連れてきてくれたのは……どういうことなんだろう)

「お待たせ」

動きやすい服に着替えた蓮さんは、手にバスケットボールを持ってやってきた。

「蓮さん、その格好とボール……もしかして」

「優羽、俺のフリースローを見たいって言ってたから」

「あ……」

(私が前にしてほしいことで言ったの、覚えていてくれたの？)

驚いている間に、蓮さんはゴールの前に立つ。ボールを何回かバウンドさせた後、真剣な顔で前を向いた。

その姿は高校時代に見たものと一緒で、すごく精悍《せいかん》な横顔だった。

「蓮さん……」

「見ててね。どれくらい決まるかわからないけど」

ちらりとこちらを見てから、蓮さんはシュッと綺麗なフォームでボールを投げた。私に投げ方を教えてくれた時と同じように、ボールは綺麗な弧を描いてネットに入った。

(一発で決まった！)

「すごい！　蓮さん、高校時代と全然変わってない！」

私が飛び跳ねて喜ぶと、蓮さんは照れた笑みを浮かべて振り返る。

「いや、相当鈍《にぶ》ってたよ。でも優羽に格好悪いところ見せたくなかったから、少し練習した」

相変わらずの真面目さに、私はもう泣き出してしまいそうだ。

「練習っていつから？」

「二週間くらい前からかな」

それは蓮さんがいい香りをまとって帰ってくるようになった頃。ということは……

「あの……もしかして、スポーツジムに通ってたのって、これのため？」

「うん。ジムの小さい体育館で練習させてもらってたんだけど、かなり汗をかいちゃって。だから帰りにシャワー室を借りてたんだ。それで優羽を不安にさせてたなんて知らなくて……本当にごめん」

「謝ることなんてないよ。こんなにまでして私の希望を叶えてくれるなんて思わないから……どうお礼を言えばいいかわからない」

ぽろぽろと涙がこぼれはじめる。蓮さんは慌てて私にタオルを差し出す。

「綺麗にしたメイクが落ちちゃうよ」

「うん……ごめん」

私はタオルを受け取って、涙を吸い取るように目に当てた。

「トレーニング室があるのにジムに通ってるって言ったら優羽が怪しむと思って。……サプライズって初めてやったけど、案外難しいんだね」

「もう……本当に信じられない」

「ごめん」

「でも」

私はタオルをギュッと握りしめると、蓮さんを見上げて言う。

「私のために無茶な頑張り方をすることが、もっと信じられない」

(平日も毎日残業で、休日もちゃんと休めないくらいなのに……)

蓮さんはふっと微笑んで、大きな手で私の頭を撫《な》でた。

「優羽が喜ぶならなんでもするよ」

(もう、これ以上甘いこと言われたらキュン死にするから!)

私は誰もいないのをいいことに、体育館で蓮さんに思いきり抱きついた。

「ありがとう、蓮さん。すごく嬉しいサプライズだった」

「喜んでもらえてよかった。……でもまだサプライズは終わってないよ」

「え……」

蓮さんはボールを手にすると、私に車のキーを持たせて「先に乗って待ってて」と言った。着替えた後、また別の場所へ向かうようだ。

(これ以上のサプライズって一体、何?)

ドキドキしながら蓮さんを待っていると、着替えを済ませた彼が運転席に乗る。髪も整えてビシッと決まっていた。

蓮さんは車を走らせ、次は高級でおしゃれなお店が立ち並ぶ街に向かう。

まう。

（あー、ここの高級感はまだ慣れないなあ）

食事で何度か蓮さんと来ているけど、私はどうしても高級店に入るのはためらってし

今日の店も、外から見るだけで高級な店だと伝わってくる。

「ここって何のお店？」

「オーダーメイドのショップだよ。トータルで作ってくれるから、すごくいいんだ」

私の手を取ると、蓮さんは躊躇《ちゅうちょ》なくそのお店に入った。

「いらっしゃいませ」

上品で綺麗な女性店員が私たちに声をかける。

「桐原様、ご注文のドレスはできております。こちらへ」

（え、ドレス？）

店員さんが先に下がったのを見て、私はすかさず彼の袖を引っ張る。

「蓮さん、ドレスって何？」

「七月に、船上パーティーに出席するから、その時に必要だと思って。サプライズにしたくて、今回は優羽に似合いそうなのを俺がオーダーさせてもらった」

「ええっ！」

私は思わず声を上げる。ドレスが必要な船上パーティーって、相当なセレブが参加す

る印象なんだけども……

(あ、そうか。蓮さんはセレブだった)

庶民の私はまだ蓮さんの感覚についていけない。

店の奥にある商談スペースに通され、いい香りのする紅茶を出してもらう。それを飲みながら、私はふとさっきの女性を思い出した。

(綺麗で上品な……女性)

「蓮さん……。喫茶店で話していた女性って、もしかして、あの人?」

「あ、そうだよ。よくわかったね」

蓮さんは紅茶のカップを手に、嬉しそうに微笑んだ。

このお店はオーダーメイドの出張相談をやっているらしい。蓮さんは彼女と喫茶店で会って、私のドレスを選んでくれたのだという。

「優羽のドレスを選ぶのが楽しくて、すごく嬉しそうな顔になってたのかもしれない」

蓮さんは少し恥ずかしそうに言って、紅茶をすする。

私は紅茶からくゆる湯気を見ながら、すべての不安は完全な誤解だったのだと胸を撫《な》で下ろした。

「お待たせいたしました」

先ほどの女性が綺麗な赤いドレスを手に戻ってきた。

そのドレスがあまりに綺麗で、私は息を呑む。

「わ……」

（上品な赤で、派手すぎないドレス。これを蓮さんが選んでくれたの？）

「サイズは前にワンピースを買って、大体知ってたから、多分大丈夫だと思うんだけど」

「こんな素敵なドレス……いいの？」

「当たり前でしょ。優羽のためにオーダーしたんだからね。受け取ってくれる？」

私はその素敵なドレスにそっと触れ、こくりと頷《うなず》く。二つもサプライズをしてもらえて、もうこれ以上ないくらい幸せだった。


帰りの車の中で、私はまだぼうっと幸せの余韻《よいん》に浸《ひた》っている。

車を運転しながら、蓮さんは微笑んできた。

「優羽。ちなみに船上パーティーは七月十三日で、その後は、船に二日宿泊しようと思っているんだ」

「えっ、泊まるの？」

「うん。前、優羽にスケジュールを聞いたら、空《あ》いてるって言ってたから、大丈夫だと思って。あ、もしかして何か予定が入っちゃった？」

「ううん！　入ってない！　蓮さんとの旅行ならいつだって歓迎だよ！」

船上パーティーだけでも嬉しいのに、蓮さんと一緒に二泊三日の旅行ができると知って、喜びがまた倍増した。

「約束したでしょ。休みを取って優羽とたっぷり過ごせるようにするって。新婚旅行も行けてないしね。それもあっての計画だったんだ」

「そうだったんだ」

蓮さんは忙しい中でも、私と過ごすことを考えてくれていたのだ。きっとあちこち調整してくれたに違いない。

(ずっとそばにいたのに、蓮さんのそういう努力が全然見えてなかった)

「蓮さん、ごめんね。勝手に誤解して、疑うようなことを言って……」

改めてそう謝ると、蓮さんは首を振って笑った。

「それは俺が悪かったんだよ。サプライズが下手だった。でも、やっぱりどんな小さなことも優羽は見てくれてるんだなって、俺は嬉しかったよ。それに、溜め込まずに素直に話してくれてよかった」

「本当？　また何か不安になったら打ち明けるから、蓮さんもちゃんと言ってね」

「うん、ありがとう」

浮気疑惑がすっかり解消し、私は晴れ晴れとした気持ちで助手席の背もたれに体を預けた。

帰宅途中にレストランで夕食を終えた私たちは、マンションに戻ってから深いキスを交わした。

蓮さんとのキスは刺激的で、何度交わしても体を疼《うず》かせる。

「蓮さん……一緒にお風呂に入ろう？　湯船にお湯も入れて、ゆっくり入りたいな」

「うん、そうだね」

私の鼻先にチュッと軽くキスをすると、蓮さんはお風呂のお湯を溜めるスイッチを押した。

「先に優羽が入って。洗い終えた頃に行くから」

「うん」

私は湯船にお湯を溜めている間に、シャワーで自分の体を丁寧に洗い流した。今日の喜びを思い出し、湯気の中でほうっと息を吐く。

(こんなに幸せで満たしてもらった上に、今度は豪華客船での旅行だなんて……本当に夢じゃないのかな)

キュッとシャワーの栓を締めたところで、蓮さんがバスルームに入ってきた。

なんとなく気恥ずかしくて、私は素早く湯船に入る。

「まだ恥ずかしいの？」

「それはそうだよ……」

蓮さんの芸術品みたいな完璧な体に、つい見とれてしまう。

「優羽って自分は見られるのが恥ずかしいって言うけど、俺のことはじっと見るよね」

頭からシャワーを浴びながら、蓮さんがおかしそうに笑う。嫌がっているわけじゃなさそうだから、私は頷《うなず》いた。

「だって蓮さんの裸は綺麗だもの」

(最近スポーツジムで鍛《きた》えたのも加わって、また逞《たくま》しくなってるし)

彼がスーツを着ると、本当にカチッと決まって最高に素敵なのだ。

私は惚《ほ》れ惚《ぼ》れしながら蓮さんのシャワー風景を見つめていた。

「はい、俺を見るのはもう終わりにして」

洗い終えた彼が、私の背中側に脚を入れて、背後から抱きしめるように湯船に浸《つ》かった。これではもう蓮さんの姿は見られない。

「でもこの格好でお風呂に入るのも好き」

(蓮さんにお湯の中で抱きしめられてるのは、すごく温かいしほっとする)

「優羽のうなじは本当に綺麗だな」

蓮さんは私の首筋にキスをすると、そのままお湯の中でゆっくりと胸を手のひらで包む。

「あ……っ」

身を縮める私に構わず、蓮さんの手は胸を優しく揉《も》む。お湯の中で硬くなっている胸の先端を指先で弄《もてあそ》んだ。

途端、体が急に熱っぽくなっていく。

「や……蓮さん……っ！　……は……っ、やあ……！」

「やめてほしいの？」

耳を甘噛《あまが》みされて、刺激はさらに強いものになる。

「やめ……ないで」

「素直だな、じゃあもっと感じさせてあげないとね」

耳のふちを舌先がゆっくりと這《は》い、同時に吐息をかけられて甘い痺《しび》れが全身に走った。

体をびくびく震わせていると、蓮さんが嬉しそうに囁《ささや》く。

「俺のもすごく反応してるの、わかる？」

「……うん」

腰に当たった蓮さんのものは、お湯の中でもわかるほど硬く熱くなっていた。それがわかるとさらに私も興奮する。

ジンと熱を持った私の秘所に指が触れ、ゆっくり中に入ってくる。

「少し胸を触っただけなのに、もうこんなに」

「あ……っ、やぁ……！　そんなこと……言わないで……っ」

蓮さんは私の顔を自分の方へ向けると、ゆっくりと深いキスをした。かすかに開いた唇から舌が滑《すべ》り込み、そのまま私の舌を絡《から》め取る。

「ん……っ、ふぁ……んっ」

私は湯船の中で体の向きを変えると、夢中でキスをした。蓮さんの髪をくしゃりと握り、とめどなく溢《あふ》れてくる愛おしさを表そうと必死になる。

蓮さんも私の頬を両手で押さえ、呼吸ができないほど深くて激しいキスを繰り返した。

「優羽……このまま繋《つな》がりたい」

「うん、私も……！」

私はお湯の中で少し体を浮かせると、そのまま蓮さんの上で腰を沈める。お湯を押し出して、私の中は彼のもので満たされた。

「あ……あぁっ」

すべて入ったら、蓮さんが私の背中を強く抱きしめる。

「優羽、上手に入れられるようになったな」

「ん……蓮さんが教えてくれたから……、ぁんっ！」

軽く下から突き上げられ、肩がびくりと跳ねる。蓮さんは私が動けないように体を固定させて、何度も突き上げた。

「あっ……、や……んん……！」

その小刻みな振動でどんどん高まっていき、我慢できなくて体をよじる。

「優羽はいつも俺が動けなくなるほど締めつけてくるよね」

「だ、だって……あっ」

「いいんだよ、俺は優羽だけのものだから。ずっと独占していればいい」

この台詞《せりふ》で私の中はまたキュッと締まり、それを狙っていたかのように、蓮さんが少しだけ強く突き上げた。その途端、一気に快感の波が私を呑み込んで、頭の中が真っ白になる。

「イッ……ちゃう……！　あ、あぁんっ……！」

蓮さんの首にぎゅっとしがみついて、私はお風呂の中で達してしまった。力の抜けた私の体を抱き締め、彼は何度もキスをしてくれる。

「可愛いよ、優羽。顔見せて」

「は、恥ずかしいよ……」

「恥ずかしくないよ。もっとちゃんと優羽の顔が見たいんだ」

もうすっぴんを恥ずかしいと思っているわけじゃないけど、イッた後の顔を見られるのは恥ずかしい。

でも蓮さんはそんな私の顔すら愛しいと言って、何度もキスしてくれる。それは心地いい感触で、私は目を閉じそうになった。

「優羽、ここで寝たらダメだよ」

「うん……」

(でも今日一日でたくさんサプライズをしてもらって、驚いたり喜んだり泣いたり……まだ心が全部整理しきれないほどなんだよ)

肩にもたれる私を抱き上げ、蓮さんはよしよしと頭を撫《な》でてくれた。

「疲れるのも無理ないか。俺も一気にいろいろ種明かししちゃったしね……今日はここまでにして、ゆっくり眠るといいよ」

バスルームから出てガウンを着せられた私は、蓮さんに髪を丁寧に乾かしてもらい、ベッドまで運んでもらった。

「蓮さん、今日はたくさんありがとう」

「優羽の不安が消えたなら、それが俺には一番嬉しいよ」

「うん。すごく安心した……。それに、蓮さんのフリースロー……やっぱり最高に格好よかったよ」

そこまで言うと、私は意識を失うように眠りに落ちてしまった。

七月十三日、豪華客船のパーティー当日。私はちょっぴりドキドキしていた。

「豪華客船なんて乗ったことがないから、緊張するなぁ」

事前にホームページを見たら、船内は豪奢《ごうしゃ》で、まるでアミューズメントパークみたいな世界だった。

「緊張するような場所じゃないよ。むしろ普段の喧騒《けんそう》やストレスを忘れて、完全にリラックスするための場所だから、楽しんだ方がいい」

客船の船室に通された私たちは、パーティーの準備をしているところだ。蓮さんは社交用のおしゃれなスーツを着て、私が着替え終わるのを待ってくれている。

先に髪とメイクを整え終えた私は、赤いドレスに袖を通した。肩紐《ひも》がしっかりとドレスを支えてくれているのだけど、胸元は結構大胆に開いている。裾はスリットの入ったセクシー系だ。

(着てみると、普段の自分じゃないみたいで恥ずかしいなあ)

照れながらも蓮さんにドレス姿を見せると、彼はパッと顔をほころばせる。そして私の肩をそっと抱いた。

「想像以上に似合っている。これじゃあパーティー会場で、優羽が目立っちゃうな」

「え？」

「男に声をかけられないか心配になってきたよ」

蓮さんは私の首筋にそっとキスをして、後ろからぎゅっと抱きしめ直す。

彼の爽やかな香りを感じ、私はうっとりと目を閉じた。

「そんな心配は必要ないと思うけど……蓮さんのそばを離れないようにするね」

「うん。そうして」

蓮さんは私の頬にキスをすると、私の方へ腕を差し出す。

「じゃあそろそろ行こうか、お姫様」

「……はい」

久しぶりに聞いた『お姫様』という言葉の響きに照れながら、私は蓮さんの腕にゆっくりと自分の手を絡《から》ませた。


華やかなパーティー会場に行くと、シャンパンを手渡された。中ではもう大勢の人が談笑していて、大賑《おおにぎ》わいだ。

私は緊張を和《やわ》らげるために、シャンパンを一口飲む。せっかく蓮さんと華やかな場を体験できるのだから、目一杯楽しみたい。

蓮さんもシャンパンを口にしながら、知り合いに会う度に私を妻として紹介してくれる。

私も丁寧に挨拶《あいさつ》し、雑談を交わす。こんな時のために、社交の勉強もしているのだけど、やはりまだまだ努力は必要だと実感する。

一通り挨拶《あいさつ》を終えた頃、パーティーはいよいよ盛り上がりだした。軽やかな音楽に合わせて、皆が思い思いに踊っている。

(社交ダンスを踊るよりはついていけそうだけど、蓮さんはどうなのかな)

ちらりとうかがうと、蓮さんは私の腰を抱いて、踊りやすいようにエスコートしてくれた。こういう場にも慣れている感じで、会社で見せるような硬い表情ではない。

「さすがだね、蓮さん。パーティーにはよく出てたの？」

「まあ、付き合いで出ないわけにいかないからね。ただ、念のために言っておくけど、女性とここまで密着するようなことはなかったよ」

私がまた不安にならないように、気遣ってくれる蓮さん。完璧な紳士だ。

(ふふ……こんな素敵な人が夫だなんて。改めて幸せを感じちゃうな)

何曲かダンスを楽しむと、私たちはバーに移動してお酒を楽しむことにした。

私はあまり詳しくないから、蓮さんに教えてもらった甘めのカクテルをお願いした。

運ばれてきた綺麗なピンク色のカクテルを見て感激する。

「おいしい！　少しピーチの風味があって、でも甘すぎなくて大人の味だね」

「よかった。優羽、やっと笑ってくれた。ずっと緊張してたから、心配だったんだ」

私がやっと緊張の色を消したのを見て、蓮さんはほっとしたように微笑む。

そこで、外国人の女性が蓮さんに声をかけてきた。そして彼の隣の席に座る。言葉がわからないから、私は会釈《えしゃく》だけしてカクテルを飲み続ける。

（どことなく視線が痛い気がする）

蓮さんを見ながらも私に時々送られる視線は、結構鋭《するど》い。こういうことは珍しくないから、私は気付かないふりをして、なるべく気にしないようにした。

すると、私の隣の席に日本人の男性が手をかける。蓮さんに負けないくらいの美形だ。

「あの、お隣いいですか」

「……私、夫と一緒なのですが」

「知っていますよ、桐原さんの奥様なのは」

決して嫌らしい感じではなく、翔也さんのようなギラついた視線でもない。

（もしかしてこの方、蓮さんの仕事上、大切な方なのかもしれない）

そう思い、私は頷《うなず》いた。

「あまり長くはお話しできないと思いますが」

「なら一曲踊るのはどうです？」

「えっ」

「あなたのその真っ赤なドレスに目を奪われまして、一緒に踊れたらと思っていたんです」

驚いていると、蓮さんが私の肩を抱いて男性を睨《にら》んだ。

「お久しぶりです。私の妻に何か用ですか？」

「あ、いえ。美しい方だから少し会話したくて、声をかけただけですよ。あなたが彼女を放ったらかしていたから、退屈していらっしゃるのかなと思いまして」

穏やかだけれど挑戦的な言い方に、蓮さんは眉をピクリと上げる。

「妻を放ったらかしたつもりはないですよ」

「そうですか。まあ、楽しいパーティーの場ですから、あまりカッカしない方がいいですよ」

男性は肩をすくめて立ち上がり、あっさりと離れて行った。

ちょっと驚いてその後ろ姿を見ていると、蓮さんは私の肩を抱き寄せてほっと息をついた。

「油断した。ごめん……」

「ううん。仕事でお付き合いのある方かと思って……蓮さんもそばにいたし」

「あの人は社交の場で顔を知っているだけで仕事とは関係ない人だよ。とりあえず一杯飲んだら、部屋に行って少し休もうか」

「そうだね」

私たちはカクテルを飲み終えると、宿泊する客室に向かう。

部屋に戻って寝室に入ったところで、蓮さんが後ろから私を抱きしめた。

「れ、蓮さん？」

「……もう優羽が欲しくてたまらないんだけど」

「え、でも」

蓮さんは振り返った私にキスをして、そのままベッドに押し倒した。

かすかに酔った彼の瞳はいつも以上に魅力的《みりょくてき》で、ドキッとする。

「ダンスに誘われてる優羽を見てドキッとした。心配が現実になりそうで、居ても立ってもいられなくなったよ」

「心配って……？」

「優羽がダンスの誘いを受けて、あの男の手を取るんじゃないか……ってね」

そこまで言って、蓮さんはくすっと苦笑を漏らした。

「俺がこんなに嫉妬《しっと》深いと思わなかったでしょ。あまり束縛するのはよくないってわかってるけど、やっぱり優羽には俺だけを見ててほしいんだ」

蓮さんの言いたいことはわかる。

私だって嫉妬《しっと》しないようにとどれだけ頑張っても、なかなか難しい。

「蓮さんの気持ち……嬉しいよ。それくらい思ってもらえるのは嫌じゃない」

私の言葉に、蓮さんは少し目を見開く。

「私だってさっきの女性に嫉妬《しっと》したし。でもああいう時、私はいつも、蓮さんを信頼してるから……って自分に言い聞かせてる」

「信頼……か」

蓮さんは困ったようにため息をつくと、パタンとベッドに仰向けに寝た。

「参った……今日は優羽の方が俺より冷静だ。優羽のように冷静になるには、俺はまだ時間がかかりそうだよ」

困る蓮さんを見るのは久しぶりだ。普段あまりに完璧な人だから、こういう姿を見られるのは実は結構嬉しい。

「蓮さんが嫉妬《しっと》してくれて嬉しいよ。だから無理に感情を抑えないで、そのままでいて」

「そうなの？　優羽って不思議なことを言うね」

私の顔を見て、蓮さんはやっと自然に笑ってくれた。私はその笑顔につられるように微笑み、彼の頬に手を添える。

「蓮さん……この前のサプライズも今日からの旅行も、私はすごく嬉しくて幸せ。……本当にありがとう」

顔を持ち上げると、私の方からそっとキスをした。そのキスを受けて、蓮さんも背に腕を回して深いキスを返してくれる。

「ん……」

かすかに香るアルコールが、酔いを強めて私たちの心に火をつけた。何度もキスを交わしている間に、二人とも止められなくなって自然に体を求め合っていた。

「このドレス、ちょっと刺激的すぎたね」

蓮さんは私の胸元に顔を埋《うず》めながら、スリットが開いた場所から太ももをさする。シチュエーションのせいもあるのだろうけど、私はいつも以上に官能的な気分で身をよじる。

「蓮さんが……いいと思ってくれたんでしょ？」

「うん。他の男の目にも魅力的《みりょくてき》に映るってわかったから、もうこれは俺の前でだけ着るようにして」

真剣な声色でそう言うと、蓮さんはゆっくりとドレスの肩紐《ひも》を外した。露《あら》わになったインナーの上から、蓮さんの大きな手が愛撫《あいぶ》をはじめる。

「ふ……っ、あぁっ」

「赤いドレスの下に黒のインナーって、すごくエロティックだね」

「だ、だって、お店の方がこれがいいって……あんっ」

レースの隙間から指で胸の先端をこすられ、思わず声が漏れた。蓮さんはキスで私の口を塞《ふさ》ぎ、官能を刺激していく。

「ん……、んっ、んっ！」

ベッドの上でたまらず脚を立てると、蓮さんはその間に膝で押し入ってきた。

そのまま膝で陰部を軽く押してくる。それだけでじわっと熱く濡《ぬ》れてくるのが、自分でもわかった。

「すごいな、優羽……いつの間にこんなにいやらしくなったの。ここがもう俺を欲しがってる」

「……んっ……れ、蓮さんでしょ……私をこうしたのは」

「確かに。じゃあ責任取らないとね」

蓮さんは私をベッドの上で四《よ》つん這《ば》いにさせると、自分も素早く脱いで腰に手を添えた。

「下着は着たままの方がそそるね」

「え……あっ」

ショーツを横にずらすと、蓮さんは強引に押し入ってきた。

「あんっ！」

いきなり深い場所を突かれ、背中がびくりと跳ねる。

蓮さんはそのまま何度も私を後ろから強く突き上げた。それはまるで、さっき見せた嫉妬《しっと》の熱が向けられているかのようだ。

「あっ、ああっ、んっ」

「優羽……優羽……」

蓮さんに名前を呼ばれ、激しく愛されて、私の中からどんどん蜜が溢《あふ》れてくる。彼が言うように私の体はすっかりいやらしくなってしまったみたいだ。

(私には蓮さんだけなんだよ)

それを知ってもらいたくて、私は自分からも積極的に腰を揺らした。すると蓮さんはふっと笑って自身を引き抜くと、私の体を自分の方へ向けて抱き上げた。

「れ、蓮さん?」

「あまりに綺麗な姿だから、優羽にも見てもらいたくて」

そう言うと、蓮さんは私をベッドから下ろし、大きな鏡のある場所に立たせた。

そこには自分でも誰かと思うほど、妖艶《ようえん》な自分が映っている。

「や、恥ずかしいよ」

「羞恥心《しゅうちしん》が感度を上げるって、もう知ってるでしょ」

蓮さんは鏡越しに私を見つめ、そのまま再び後ろから攻めてきた。

鏡に手をついたまま、私はまた何度も彼に後ろから突き上げられる。感じて声を上げる自分と、余裕のない表情の蓮さんが見えて、体がカッと熱くなった。

「んっ、あぁ……あんっ」

立て続けにバックから攻められた私は、もう快感の波にさらわれそうだ。

「優羽はそろそろイキそうだね」

蓮さんは私の両腕を掴むと、そのまま激しく腰を打ちつけた。その振動で、胸が激しく波打っている。

「あ、もう……イッちゃう」

「いいよ」

ぐんっと今までで一番深いところを押し上げられる。

「あ……あぁぁっ！」

あり得ないほどの快感を覚え、私は一度果てた。セットしてあった髪はすっかり乱れ、額《ひたい》には汗がにじんでいる。

「優羽、すごく気持ちよさそう」

私を正面から抱きしめると、蓮さんは髪を優しく撫《な》でてくれた。

脚の力が抜けてしまい、私は完全に彼に身を預け、呼吸を整える。

（も……駄目。こんな激しくイッたの初めてかも）

蓮さんは再び私を抱き上げると、ベッドの上に横たわらせた。そして、その上から覆《おお》いかぶさり、うかがうように私を見つめる。

「俺も限界なんだ……この姿勢であと少し、いい？」

蓮さんは私の両脚を自身の肩にかけて、ぐっと身を乗り出した。

「……うん」

「れ、蓮さん……っ」

「この格好なら深くまで入るし、気持ちいいと思うよ」

ぐんっと押し入ってきた蓮さんのそれは、私の中を掻き分けて一気に奥まで到達する。

「あぁんっ」

(な、何……体が痺《しび》れて変な感じ)

「く……っ！　優羽……なんて締めつけ……これじゃあ、長くできない」

ゆっくりと入っては出てを繰り返しながら、次第にその速さが増していく。達したばかりなのに、違う角度からの刺激がまた私を頂点へと押し上げる。

「は……っ、あっ、れ、蓮さん……もう、私……っ」

「ん、俺も……一緒に」

両手をぎゅっと握り合い、私たちは視線を絡《から》ませたまま、一緒に快感の最も強い場所へと上《のぼ》りつめた。

「あ……あぁ……っ」

「優羽……っ」

熱いものを中でほとばしらせた蓮さんは、そのまま私の上に倒れ込む。

呼吸を乱して、抱きしめてくる彼が、たとえようもなく愛おしい。

「ありがとう、優羽。俺のすべてを受け止めてくれて」

「お礼なんて……おかしいよ。私たち夫婦なんだから、当たり前だよ」

「……そっか」

ふっと微笑むと、蓮さんはもう一度ゆっくりと優しいキスをした。

しばらく体の熱を冷ますよう身を寄せ合っていたのだけど、彼はふと時計を見て体を起こす。

「蓮さん、どうしたの？」

「ちょっとね」

蓮さんはベッドから下り、ガウンを羽織《はお》って、鞄《かばん》の中を探《さぐ》る。そして小さな箱を取り出し、私に差し出した。綺麗な金色のリボンがかかっている、可愛らしい箱だ。

「日付が変わったからもう今日は七月十四日でしょ」

「あ……っ」

自分の誕生日をすっかり忘れていた。

「優羽、誕生日おめでとう」

私は驚きながら、差し出された小さな箱に手を伸ばす。

「ありがとう」

「開けてみて。気に入ってくれるといいけど」

蓮さんは私の肩にガウンをかけてくれる。私はベッドに座りなおし、箱の中をそっと開けた。

すると、中にはシンプルで使い勝手のよさそうなネックレスが入っていた。

「長く使えるものがいいと思って。これならどの服にも合うしね」

「蓮さん……ドレスも作ってもらったのに」

「誕生日の時くらい遠慮しないで」

蓮さんの気持ちが嬉しくて、私はそのネックレスを胸に当てて、ゆっくりと幸せを噛《か》みしめる。すると、両目にじわりと涙がにじんできた。

「ありがとう。一生大切にするね。でも私、何もお返しできてない」

蓮さんを見上げると、彼は優しく目元を拭《ぬぐ》って私を抱き寄せる。

「必要ないよ……優羽は一生俺のそばにいてくれたら、それだけでいい」

その言葉には心からの思いが詰まっていて、胸を熱くする。

「私が蓮さんから離れることなんて絶対ないから。だからずっとこうして抱きしめていてね」

「うん、もちろんだよ」

お互いの顔を見つめ合い、自然に唇を寄せる。

優しくキスをすると、私たちは照れを隠すようにくすくすと笑った。

「明日からの旅も楽しみだな」

「そうだね」

蓮さんの胸に頬を寄せて、波の音を聞く。

私たちを乗せた人生の船はまだ出港したばかり。きっとまた悩んだり喧嘩したり、いろいろなことがあるだろう。

でもきっとこの人とならすべて乗り越えていける。

永遠の愛を再び心に固く誓い、私は明るい未来に思いをはせた。

書き下ろし番外編

深まる愛と素顔の意味

その日、私はゆっくり休暇が取れるようになった蓮さんと、人気スポットである海岸沿いのリゾート地へ遊びに来ていた。春先ということもあって日差しはポカポカで、散歩するにはちょうどいい陽気だ。

こうしてゆったり手を繋《つな》いで歩く時間がなんとも幸せだと感じる。

「時間を気にせずデートできるの、久しぶりだね」

「そうだな……リフレッシュするにはやっぱり海がいい」

広い海を見ながら、蓮さんは気持ちよさげに目を細める。相変わらずの整った横顔を眺めながら、私は先日から気になっていることを頭に浮かべる。

(蓮さんは、結局どっちの私が好きなのかな)

〝どっち〟とは、すっぴんの私かメイク後の私か……ということだ。

彼の前ですっぴんになることにはもう抵抗はない。ただ、外で人と会う時にはまだまだばっちりメイクをせずにはいられない。それが蓮さんと関係が深い人なら、なおさらだ。

先日、珍しく蓮さんが大学時代の友人を連れてくるというので、ちょっと緊張しながら接待をした。そのお友達……梶原《かじわら》さんは、明るく砕《くだ》けた雰囲気の男性で、紹介された私を見て安堵《あんど》の表情を浮かべた。

「奥さん、想像したより親しみやすい感じなんですね」

コーヒーを出す私にお辞儀をしつつ、梶原さんはじっと顔を見上げてくる。そのまっすぐな視線に驚きつつも、私は遠慮がちに尋ねた。

「いらっしゃる前は、どんな私をイメージされてたんですか？」

「んー…もっと近付きがたい雰囲気の美人さんかなって思ってました」

「ええっ」

「俺の勝手な想像です。すみません、実際はかなり可愛い方でした」

そう言って笑うお友達を、蓮さんは軽く睨《にら》んだ。

「優羽の写真はこの前のメールでも送ってあっただろ」

「そうだけど、写真で見た時とはかなり雰囲気が違ったんだよ」

その答えで、梶原さんが私を見て意外に思った理由がわかった。

（きっとばっちりメイクをしてた時の写真を見せたんだ）

この日の私はすっぴんに近いナチュラルメイクだったから、梶原さんもちょっと驚いたんだろう。

こんなふうに、メイク顔の私は、驚くくらい雰囲気が変わるらしい。

(蓮さんがどちらの私も好きだと言ってくれるから普通にメイクを楽しんでいるけど、本音の部分ではどう思ってるんだろう)

梶原さんの訪問を機に、いっとき考えなくなっていた疑問が再び浮かぶようになっていた。

メイクは私にとって人生の楽しみであり、大袈裟《おおげさ》に言えば人生の可能性を広げてくれる魔法のアイテムだ。だからやめるという選択はないのだけど、もし自分らしさを失うような部分があるなら直したいなと思っている。

(とはいえ、そもそも私って〝自分らしさ〟の意味を理解していないのかもしれない……)

ここまで考えていたところで、蓮さんが不思議そうに私を見た。

「優羽、何か考え事でもしてるの？」

「えっ」

「なんかぼーっとして、心ここにあらずな感じだったから」

心配そうな彼の顔を見返し、私は笑顔で首を横に振る。

「大したことじゃないよ。ごめんね、心配させて」

「いや、俺はいいんだけど。何かあるなら小さなことでもちゃんと話してよ」

「うん。ありがとう」

私の笑顔を見て、蓮さんは安心したように繋《つな》いだ手に力を込めた。じわっと伝わってくる温もりに、心の中まで温まってくる。

(今の雰囲気を壊したくない。チャンスがあったら聞いてみたいけど、今はやめておこう)

気を取り直して、幸せな気分で砂浜を歩く。その途中、足元に何かがきらりと光った。

「なんだろう、ガラスかな」

しゃがんで手に取ると、それは薄桃色をした桜貝の貝がらだった。

「すごく綺麗な貝。薄いのにどこも欠けてないし、アクセサリーにでもなりそう」

手のひらに載った貝を、蓮さんも珍しそうに見つめる。

「確かに綺麗な貝だな……それにこの色、優羽の頬みたいだ」

私の顔を見つめ、指先でそっと撫《な》でた。くすぐったさとドキドキが同時に沸き起こり、思わず首をすくめて笑ってしまう。

「そう言ってもらえて嬉しいけど、私はこんなに可愛くはないかな」

苦笑しながら呟《つぶや》いた言葉に、蓮さんは呆れ顔をした。

「またそうやって自分の価値を下げるようなこと言う。優羽は少なくとも俺にとって世界一可愛い女性だよ」

「っ！」

謙遜《けんそん》のつもりで使う私の言葉は、蓮さんにはどこか自分を下げて表現しているように聞こえるみたいだ。自分をもっと丸ごと愛してあげたら内面も今より磨かれるんだろうか。

（ありのまま……素顔の自分を好きになるって、一体どうすればいいんだろう）

拾った桜貝はポケットにしまい、海辺から人通りの多い土産《みやげ》物街を歩く。おいしそうな海の幸を焼いて売る店や、綺麗な手作りの工芸品の店がところ狭しと並んでいる。

その中で、貝を綺麗にコーティングしてアクセサリーとして売っている店があった。

「この貝、さっき拾った貝と似てるね」

「本当だ。磨いて少し色を入れてやるともっと鮮やかになるんだな」

手に取って近くで見ても、それはとても美しいと思う。ただ、これはある意味素材の美しさに化粧を施《ほどこ》したものなんだよね、なんて考えがよぎる。

（綺麗は綺麗だけど、そのままでも十分綺麗なのに……って思っちゃうな。これって、メイクをしなくても輝ける可能性はあるっていう私の思いと近いかもしれない）

「んー……」

なかなか納得のいく答えが見つからなくて、また少し考え込んでしまった。そろりとアクセサリーを戻す私を見て、蓮さんが心配そうな顔をする。

「優羽、やっぱり何か悩みがあるんじゃないの」

「悩みってほどじゃないんだよ」

「そう？　……でもやっぱり気になるよ。ちゃんと話して」

（こんな小さな悩み、話すのも恥ずかしいんだけど……）

「心配かけるのも悪いし……話してみようかな」

「うん。じゃあホテルへ戻ろう」

こうして、私たちは宿泊予定のホテルへ戻り、一休みしながら話をすることにした。

海が見渡せるホテルの窓辺に立ち、私は先日、梶原さんが来た時から考えていたことを素直に話した。すると蓮さんは思いも寄らない話だったようで、驚いた顔をする。

「まだ顔立ちのことを気にしてたの？」

「気にしてたっていうか、気にしないようにしていたことがまた気になり出したって感じかな」

柔らかなソファに座り、ほっと息を吐く。せっかく楽しくデートしていたのに、心配させるような展開にしてしまって申し訳ないという気持ちもあった。

(でもこれは一度口にして、一緒に考えてもらった方がいい気がする)

意を決して、私は蓮さんに尋ねたいことを口にした。

「蓮さんは本音のところ、どちらの私が好みなのかなと思って」

「メイク前とメイク後ってこと?」

「うん」

「それは、何度も言ってきたように……」

「どっちも好きって言ってくれるのは嬉しいんだけど……メイクをしてる私って、今日見た売り物の桜貝みたいじゃない? 素材……つまり自分の素顔を隠してしまってるのかなって思って」

「優羽らしさを消してるんじゃないかってこと?」

「そうだね。私が自分の素顔を愛せてたら、今みたいに外出する度にイメージが変わるほどのメイクはする必要ないんじゃないかと思ってしまって」

思っていたことを全部口にしてしまうと、気持ちがすっきりとして、これまで抱えていた蓮さんへの後ろめたさが薄れた。でも、蓮さんはすぐに言葉を発さず、腕を組んで首を傾《かし》げている。

(困らせちゃったかな)

心配しながら答えを待っていると、蓮さんは私の隣に座って言った。

「色を塗られてもそのままでも、貝の本質が変わるわけじゃない。同じように、メイクするかしないかでその人の中身までは変わらないと思うよ」

（蓮さんらしい答え。当然嬉しい言葉なんだけど、私はもう一歩突っ込んだ答えを求めてるんだよ）

面倒と思われそうだったけれど、私は我慢できずにさらに尋ねた。

「本当に蓮さんはメイクをしててもしてなくても、どちらの私でもいいと思ってる？」

ドキドキしながら顔色をうかがうと、蓮さんは真剣な表情で私を見る。

「……本音の本音を言うと」

「うん」

どんな言葉が来てもいいように、息を止めて身構える。すると、彼は悪戯《いたずら》っぽく言った。

「〝すっぴんで寝起き〟の優羽が一番好みかな」

「っ、嘘でしょ。一番見せたくない顔だよ、それ」

「ってことは、寝起きの優羽は絶対に俺しか知ることができない姿だよね」

「ま、まあ。それはそうだよね……寝起きなんて、友達にすら見せたくないもん」

顔を熱くさせながらそう言うと、蓮さんは嬉しげに微笑む。

「そんな特別な優羽を独り占めしてるんだと思ったら、やっぱり愛おしさが増すよね」

「そういうもの？」

「そういうものだよ。だって俺は本当に、優羽の表面じゃなくて中身を見てるから」

（そっか……蓮さんは本当に〝優羽〟っていう人間を丸ごと受け入れてくれてるんだ）

彼の言葉に偽《いつわ》りがないのは、その澄《す》んだ瞳を見ればわかる。こんなに近くで暮らしていても、まだ心の奥底はこうして言葉にしないとわからないんだなと痛感した。

「ありがとう……そう言ってもらえてすごく安心した。私、今まで通りでいいんだね」

「もちろん。メイクしてる優羽も、素材を殺したりしてないから気にしなくていいと思う。まあ、普段表情の乏《とぼ》しい俺が言うのもなんだけど」

言いながら、蓮さんは私の腰を引き寄せてクスクスと笑った。包み込む温もりに安心しながら、私も彼の肩に頭を寄せる。

「最近、蓮さんも表情が豊かになったと思うよ」

（完全な鉄仮面《てっかめん》から、気まぐれに笑顔を見せる人になった感じかな）

「ああ……そういえば、あの日梶原に言われたな」

私の髪を撫《な》でながら、思い出したように言う。

「いつの間にそんな笑うようになったんだ？　って」

「そうなの？」

「うん。梶原と一緒にいた頃は、周りから〝氷みたいなやつ〟って言われてたから」

（ああ、大学時代もそうだったんだ）

高校時代に「氷の王子」と呼ばれていたのを彼は知らない。そんな彼が自然に笑うようになっていたら、確かにお友達は驚くだろう。

「でも梶原さんは蓮さんと仲良くしていた人なんでしょう？」

「うん。あいつだけは俺の表面を突き破って心の中を覗《のぞ》いてきたやつだからね。優羽と同じで、人を油断させる才能があるんだ」

「油断させる……って」

「だって、俺の鉄仮面《てっかめん》を脱がせたのは紛れもなく優羽でしょ」

悪戯《いたずら》っぽく笑いながら、私をソファの上に押し倒す。驚いて視線を上げると、やや熱を帯びた瞳で蓮さんが私を見下ろしていた。

「優羽に見せてる俺の顔って、かなり特別なんだよ」

「……そうだね」

（こんな甘い言葉を口にしたり、愛おしげに目を細めたり……二人きりの時以外は絶対に見せない表情だものね）

「そう思うと、私、すごく得してる気分」

「もっとお得な気分にさせてあげるよ」

艶《つや》っぽくそう囁《ささや》くと、唇にそっとキスを落とす。触れた熱に体も素直な喜びを示し、私も軽く頭をもたげて自分からキスを返した。

「珍しく積極的だね」

「だって……ここしばらく触れる機会がなかったから、すごく嬉しいの」

(本当はすごく恥ずかしいけど、求める気持ちの方が勝ってるし)

「寂しい思いさせてるならごめん」

愛《め》でるように唇を何度も吸い上げ、吐息が熱くなってくると同時にブラウスの裾から大きな手が伸びてくる。指先が下腹部に触れ、それだけでびくりと腰が浮いてしまいそうになる。

「指、冷たかった?」

「ううん……そうじゃないよ」

(もっと触れて欲しい)

気持ちを察したのか、蓮さんは遠慮なく背中に手を回し、ブラのホックを外してしまった。

自由になった胸が優しく包まれ、先端を指がかすめる度に声が漏れる。

「優羽って、こんなに感じやすかったっけ」

「っ、言わないで……今日はなんだか、変なの」

(蓮さんと一緒でドキドキしてるのはいつもだけど、今日は愛情がさらに深まった感じ

がして。求める気持ちが止まらない）

「変じゃない。素直に求めてくれてるのがわかって嬉しいよ」

蓮さんは私の頬や耳にキスをしながら、ゆっくりと着ているものを脱がせていく。暖房の効いた部屋では寒さは感じなかったけれど、さすがに、すべての肌を晒《さら》してしまうと少し心許《こころもと》ない。

「私だけ裸なんてずるい」

「ずるいってことないだろ。でも、まあ……確かに優羽が遠慮してしまうなら」

言いながら、蓮さんも着ていたものを脱ぎ捨てて、その引き締まった美しい肉体を晒《さら》した。

激務の中でも一切崩れない肉体美に、私はいまだに感心してしまう。

「蓮さんて、本当にどこもかしこも綺麗だね」

（顔も体も整っていて、現役モデルだって言っても皆信じてしまいそうな……）

「またそれ？」

くすっと笑いながら蓮さんは私の両脚をそっと押し広げる。秘部がさっきのわずかな愛撫《あいぶ》で濡《ぬ》れているのがわかった。

そこに手を這《は》わせると、蓮さんはクチュリと指を埋め込みながら煽《あお》るように言う。

「俺の外見なんか年を取ったらいずれ衰えるものなんだから。優羽には、もっと内面を見ていて欲しいよ」

「も、もちろん……蓮さんの内面も好きだし、存在自体を愛してるんだから。心配いらな……あぁっ」

奥の快感を呼び覚ますポイントを押さえられ、つい声が大きくなる。でも、もう羞恥《しゅうち》心《しん》はかなり薄らぎ、ただ欲しいという気持ちだけが大きくなった。初めての人が蓮さんで、体験自体は多くないのに、私は彼と体を重ねる時は自分でも驚くほど淫《みだ》らになる。

「エッチだな、優羽」

「……っ、それは……蓮さんがそうさせてるんでしょ」

「そう。優羽にそんな表情をさせるのは、世界中で俺一人。そうでしょ？」

「うん、そうだよ」

(だからもう、焦《じ》らさないで)

求めるように腕を伸ばす私の背を抱き寄せ、蓮さんは硬くて熱くなった自身を私の手に握らせた。脈打つそこは彼の内側から溢《あふ》れる情熱を示しているようだ。

「熱い……ね」

「こうさせてるのは優羽だよ。君の中に入ったらもっと熱くなる」

「う、うん……」

中に入るのを想像すると、それだけで中がキュッと縮む感じがした。もしかすると、私は蓮さんの言葉責めだけでもイッてしまえるかもしれないとすら思っている。

それくらい、もう今の段階で体は十分に敏感になっていた。

「自分で入れてみる?」

「えっ」

蓮さんは自分からソファに仰向けになると、私を自分の上に乗せて微笑んだ。

「初めてじゃないし、わかるよね」

「ん、わかるけど……全部見られてるの、恥ずかしい」

冷静に考えると、まだホテルの窓からは日が差し込んでいて、お互いの姿がありありと見えているのだ。その上こんな体勢でいるのを見つめられているのは、汗が出るほど恥ずかしい。

(どうしよう……)

「手伝ってあげようか」

「え……あ……っ」

両手で腰を抱えられて軽く浮かせられたあと、ゆっくりと彼の熱が貫いてくる。たまらず声を上げ、深くまで呑み込んだ腰をゆっくり動かす。

すると今まで余裕を持っていた蓮さんの表情が切なげなものに変わる。それに反応した私の中がさらに締まったようで、彼も小さく声を漏らした。

(私と繋《つな》がることで気持ちよくなってくれてるんだ)

嬉しくなった私は、もっと喜ばせたくて上下左右に腰を揺らし続けた。

すると、上半身をむくりと起こした蓮さんは、耐えきれないように私を乗せたまま下から腰を打ちつけてきた。目の前に星が飛ぶような刺激が走り、ゆっくりだった波が一気に押し寄せてくる。

「ま、待って……」

「待てない。優羽が締め付けるから……我慢できなくなった」

「そんな……あっ、やっ。あぁ……ん！」

子宮ごと貫かれるような強い挿入の後、彼はびくりと肩を震わせて私の背中をぎゅっと抱きしめた。

(蓮さんが……私と一体になってる)

熱いものが注がれるのがわかり、私もその余韻《よいん》でビクビクと小さく達してしまった。

しばらくそのままの体勢で抱き合っていると、蓮さんが息を吐きながら私を見上げる。

「ごめん、もっとゆっくりするつもりだったんだけど」

「そんな……謝るなんて、変だよ」

小さく笑うと、蓮さんもつられて笑う。

「優羽に触れたくてたまらなかったのが素直に出ちゃったな」

（なにそれ……嬉しすぎる）

「こういう勢いとか流れでするのって私、結構好きだよ」

「そっか……でも夜、もう一度ゆっくり抱かせて」

「も、もちろん」

笑顔で顔を見合わせ、優しくキスを交わし合う。

汗ばんだ体にキスをして、お互い心も体もずれがないほどピッタリ思い合っているのが伝わってくる。なんとも言えず、満たされた気分だ。

（こんなふうに愛し合っていたら、もうすぐ赤ちゃんも授《さず》かるかもしれないなぁ）

自然に任せようと言うことで話してはいるけれど、もう少し二人でイチャイチャしていたい気持ちもあったりして……複雑だ。でも彼との子どもを授《さず》かったら、間違いなく溺愛《できあい》してしまうに違いない。

（そのステージに立てたら、また二人でいろいろ考えていきたいな）

シャワーを浴びてゆったりベッドで抱き合っていると、蓮さんが思い出したように言った。

「あのさ、優羽はメイクが好きでしょ」

「うん、生涯の趣味って言ってもいいくらいだよ」

「なら俺の反応はそれほど気にしないで、続けていって欲しい」

シャワーですっぴんになった私の鼻先にキスをして、さっきと変わらない愛おしい目で見つめる。

「メイクは優羽自身のためにやってるんだってことを忘れないで。俺は本当にどっちの優羽も好きなんだから」

「……うん、ありがとう」

私の悩みを真剣に受け止めてくれて、これ以上悩まないよう励ましてくれている。

(大好きな蓮さんが私のことをこんなに想ってくれている。それだけで十分だよね……もうメイクのことで悩むのはやめよう)

感動で目を潤《うる》ませている私に、蓮さんはさらに言葉を足した。

「あと、これはちゃんと言っておきたいんだけど。俺はメイクをしている優羽の顔も〝素顔〟だと思ってるから」

「メイク後の姿も……素顔?」

素顔っていうのはすっぴんのことだと思っていた私にとって、彼のその言葉は驚きだった。

「作り込んだ顔なのに?」

「うん。メイクをしてる優羽は間違いなくキラキラしてるしね。メイクしててもしてなくても、生き生きしているのが優羽らしさだ。そういう意味で、俺はいつも『素顔の優羽が好き』って言ってるんだよ」

「え、じゃあ〝本音ではすっぴんの寝顔が好み〟って言ったのは？」

「あれは独占欲で思わず出た言葉。その気持ちは変わらないよ」

「そ、そっか」

嬉しくて幸せで、言葉が詰まる。

（これからは、顔の作りじゃなくて中身の美しさを意識するようにしよう）

決意する私の唇に指を這《は》わせ、蓮さんが優しく微笑みかける。

「優羽はどう？　同じように、どんな俺も受け入れてくれる？」

「……っ、もちろん。どんな蓮さんでも、私は今以上に愛し続ける自信あるよ」

（私だってあなたの表面だけを好きになったわけじゃないんだから）

「ありがとう……愛してるよ、優羽」

蓮さんは、幸せで涙する私の顎《あご》をすくい、唇に優しく甘いキスを落とした――

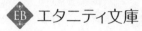

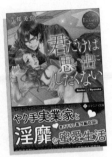

本書は、2017年12月当社より単行本として刊行されたものに、書き下ろしを加えて文庫化したものです。


この作品に対する皆様のご意見・ご感想をお待ちしております。

おハガキ・お手紙は以下の宛先にお送りください。

【宛先】

〒150-6008 東京都渋谷区恵比寿4-20-3 恵比寿ｶﾞｰﾃﾞﾝﾌﾟﾚｲｽﾀﾜｰ 8F
（株）アルファポリス　書籍感想係

メールフォームでのご意見・ご感想は右のQRコードから、
あるいは以下のワードで検索をかけてください。

アルファポリス　書籍の感想　検索

ご感想はこちらから

エタニティ文庫

君《きみ》の素顔《すがお》に恋《こい》してる

伊東《いとう》悠《ゆう》香《か》

2021年3月15日初版発行

文庫編集－熊澤菜々子・塙綾子
発行者－梶本雄介
発行所－株式会社アルファポリス
〒150-6008 東京都渋谷区恵比寿4-20-3 恵比寿ｶﾞｰﾃﾞﾝﾌﾟﾚｲｽﾀﾜｰ8F
TEL 03-6277-1601（営業） 03-6277-1602（編集）
URL https://www.alphapolis.co.jp/
発売元－株式会社星雲社（共同出版社・流通責任出版社）
〒112-0005 東京都文京区水道1-3-30
TEL 03-3868-3275
装丁イラスト－潤宮るか
装丁デザイン－ansyyqdesign
印刷－中央精版印刷株式会社

価格はカバーに表示されてあります。

落丁乱丁の場合はアルファポリスまでご連絡ください。

送料は小社負担でお取り替えします。


ISBN978-4-434-28634-6 C0193